승유 퓨전 판타지 소설

FUSION FANTASTIC STORY

환생마법사

Magician return

환생 마법사 2

승유 퓨전 판타지 소설

초판 1쇄 찍은 날 § 2015년 02월 04일
초판 1쇄 펴낸 날 § 2015년 02월 11일

지은이 § 승유
펴낸이 § 서경석

편집부장 § 권태완
편집책임 § 한준만

펴낸곳 § 도서출판 청어람
등록번호 § 제387-1999-000006호
등록일자 § 1999. 5. 31
어람번호 § 제1-2047호

주소 § 경기도 부천시 원미구 부일로 483번길 40 서경B/D 3F (우) 420-822
전화 § 032-656-4452 팩스 § 032-656-4453
http://www.chungeoram.com
E-mail § chungeorambook@daum.net

ISBN 979-11-04-90106-5 04810
ISBN 979-11-04-90104-1 (세트)

승유 퓨전 판타지 소설

FUSION FANTASTIC STORY

환생 마법사

Magician return

2

도서출판

청어람

환생마법사

Magician return

CONTENTS

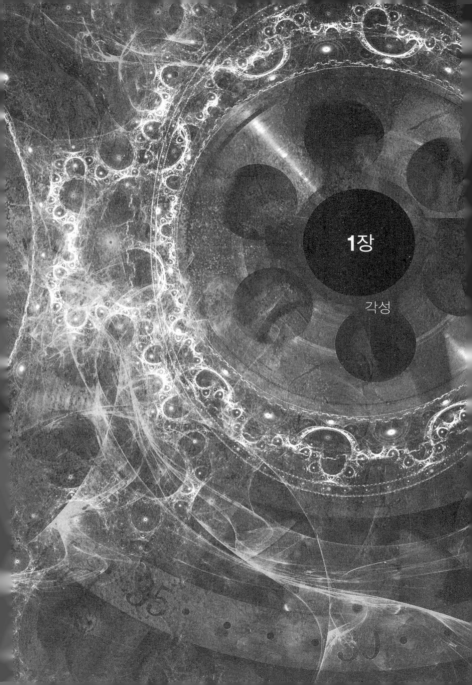

1장

각성

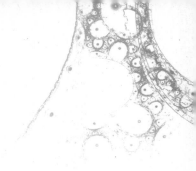

　남들은 목소리를 듣는 순간 크게 당황하거나, 혹은 그의 목
소리에서 전해지는 위압감에 몸을 움츠리거나 했을 것이다.
하지만 나는 이상하리만치 아이거의 목소리가 너무나도 반갑
게 느껴졌다.

　하지만 그렇다고 반갑게 그와 인사를 나누면 아이거가 나
를 이상하게 생각하게 된다. 경계하게 되는 것이다. 나는 아
이거가 나를 충분히 얕보고 나와의 커넥팅에 욕심을 낼 수 있
도록 연기를 해보기로 했다.

　"아, 다, 당신이⋯⋯."

―내가 바로 아이거지. 네가 불러낸 바로 이 반지 속의 영혼 말이다. 클클클.

"당신과 계약을 하게 되는 건가……?"

겁에 질린 눈빛. 떨리는 양손. 살짝 풀려 버린 다리. 나는 내 앞에 나타난 아이거의 영혼을 바라보며, 겁에 질린 17세 청년 마법사의 연기를 했다.

―그렇지. 네가 나를 불러냈으니 말이다. 왜, 두렵나?

"아니, 그건 아니지만……."

―걱정할 것 없어. 나는 너를 이 세상의 그 어떤 마법사들과도 비교되지 않는, 최고로 만들어 줄 힘을 가지고 있으니까 말이다. 날 믿으면 믿을수록 너는 더 강해진다는 말이지. 클클클.

아이거는 거짓말을 잔뜩 담아 나를 유혹했다. 애초에 이 반지와 마법서를 구입한다는 것이 자신의 마법적인 능력을 향상시키기 위한 욕심 때문인 경우가 100%였다.

쉽게 말해서 단순한 호기심으로 반지를 구입하는 일은 없다는 것이다. 때문에 이 반지를 산 모든 구매자들은 이런 식으로 아이거를 만났다. 그리고 아이거의 달콤한 유혹에 넘어가 그와 커넥팅을 진행하고 결국 모두가 알고 있는 불행한 결과물을 얻었다.

"얼마나 강해질 수 있지……?"

나는 말끝에 실릴지도 모르는 힘을 계속 빼냈다. 아이거가 나를 맛있는 먹잇감 정도로 생각하게 만드는 것이 가장 좋다. 그만큼 전력을 다해 내 몸을 차지하려고 할 테니까.

재주는 곰이 부리고 돈은 사람이 번다고 했던가? 나는 아이거에게 곰의 역할을 맡길 생각이었다.

―네가 생각하는 그 이상으로 강해질 수 있지. 그것도 단시간에 말이야. 나는 네게 그만한 힘을 줄 수 있는 사람이야. 이미 그건 너도 잘 알지 않으냐?

나는 흔들리는 눈빛으로 고개를 끄덕였다. 누가 봐도 아이거가 뿜어내고 있는 위압감에 꽉 눌려 있는 모습이다. 아이거는 그런 내 모습을 보며 흡족한 미소를 지었다. 이게 웬 떡이냐 싶었을 테니까.

"그럼 나는 어떻게 하면 되는 거지……? 이제 당신과 계약을……?"

―그렇지. 나의 힘과 네 능력을 영원히 결합시켜 줄 계약이 필요하다. 내가 네 몸의 일부가 될 수 있도록 말이다.

드디어 아이거가 본론을 꺼냈다. 이 부분이 가장 중요한 커넥팅이다. 여기서 앞서의 다른 구매자들은 모두 실수를 하거나 잘못된 판단을 했다.

아이거의 말대로 그가 자신의 일부가 되는 것으로 생각했거나, 혹은 아이거가 자신의 몸을 잠식하려고 하면 그의 정신과 영혼을 밀어넣을 수 있을 것이라 생각한 것이다. 그래도 설마 내 몸 전체를 빼앗기겠어? 하는 생각을 했던 것이다.

그럴 만도 한 것이 구매자들이 평범한 사람들이 아닌, 그래도 이름 좀 있는 마법사들이거나 최소한 다크 링에 대한 충분한 인식을 가지고 있는 사람들이었기 때문이다.

─강해지고 싶으냐?

"당연히… 강해지고 싶어. 남들이 나를 함부로 건드릴 수 없게."

두려움이 섞인 목소리라는 사실만 제외하면 이 말은 진심이기도 했다. 그래야만 했다. 나의 목표는 확고하다. 세상의 그 어느 무엇보다도 '강한' 존재가 되어야 한다. 내 앞을 수식하는 단어들 중에 '약한'이라는 말은 그 어떤 곳에서도 용납될 수 없는 단어다.

─그렇다면 나를 받아들여라. 네게 내 모든 역량을 전수해 주마. 잠자던 나를 깨워줬으니, 나 역시 네게 전력으로 협조해야 하지 않겠느냐.

나는 고개를 끄덕였다. 그러자 아이거가 회백색의 로브를 펄럭이며 나에게로 성큼성큼 다가왔다. 그는 실체가 존재하는 것은 아니었기 때문에 만지고 싶어도 만져지지는 않는다.

그는 내가 그를 받아들일 준비가 되면 내 몸속으로 빨려가듯 들어올 것이고, 그것이 바로 계약의 절차로써 작용하게 된다.

계약의 절차가 진행되면 아이거는 빠져나갈 수 없다. 나 역시 그 과정을 중단시킬 수 없다.

즉, 어느 한쪽의 승리로 끝나기 전까지 육체와 정신 사이의 줄다리기가 시작되는 것이다.

"당신과 계약하겠어."

─좋은 선택이다. 네게 경험해 보지 못한 삶을 체험하게 해 주마. 날 받아들일 준비가 되었느냐?

"하아. 후우. 하아. 준비… 준비됐어."

이쯤이면 완벽하다. 연기를 할 때만큼은 진지하게 겁먹은 청년 마법사의 연기를 했으니, 아이거도 나를 경계하진 않을 것이다. 설마 이 모든 상황과 흐름을 알고 연기까지 해가며 자신을 '낚으려는' 마법사가 있으리라고는 생각조차 못 할 테니까.

그럴 생각으로 접근한 마법사가 있다 하더라도 자신 있을 것이다. 그는 수백 년을 반지 속에 봉인되어 살아온 영혼이었다. 그가 오랜 시간 동안 반지 속에 봉인된 채로 비축해 온 힘은 몇십 년 정도를 산 사람이 버텨낼 수 있는 것이 아니다.

하지만 나는 다르다. 그 녀석이 반지에 봉인된 것이 올해로 473년째지만, 내가 살아온 삶을 모두 합치면 네 배는 된다. 단순한 숫자만 놓고 봐도 비교 우위인 것이다.

―후후, 계약을 시작하지. 나를 받아들이는 만큼 너는 더 강해질 것이다. 그 점을 명심해라. 네가 최대한 강해질 수 있도록 전력을 다하겠다. 클클클.

"……."

내가 두 눈을 감은 채로 서 있자, 아이거가 나에게로 더 가까워져 갔다. 그리고 내 심장이 위치한 왼쪽 가슴 위로 손을 얹는다.

화악!

"큭!"

그 순간, 엄청난 열기와 통증이 전신을 엄습했다. 아이거의 영혼이 내 몸속으로 들어온 것이다. 이제부터 고통을 동반한 몸의 변화가 시작된다.

이제부터 아이거의 목소리는 들리지 않는다. 다만 그와 내 영혼이 한 몸에 뒤엉켜 있으니 정신적인 교감은 이룰 수 있다.

쉽게 말하자면 사념(思念)을 이용한 대화라고 할 수 있을 것이다.

"윽, 크윽!"

가슴에서부터 시작된 극심한 통증은 점점 그 열기를 더해 갔다. 마나 홀에 변화가 일어나고 있다. 백마법을 운용하기 위한 마나 홀이 구축된 공간을 비집고 흑마법을 운용할 수 있는 마나 홀이 생성되기 시작한다. 그러면서 마나 홀 전체의 총량이 늘어난다.

즉, 기존의 마나 홀이 백마법 100을 사용할 수 있는 크기였다면, 지금은 백마법 75와 흑마법 75를 구사할 수 있는 크기로 확대되고 있는 것이다.

마나 홀에 변화가 일어나기 시작하자, 한 줄기였던 마나 로드 역시 이분되기 시작했다. 이 모든 과정에는 고통이 수반됐다.

여기서 많은 마법사가 정신력의 소모를 겪거나, 심지어는 기절하기까지도 한다.

고통이 엄청나기 때문이다.

온몸에 수천, 수만 개의 주삿바늘을 동시에 꽂는 느낌. 딱 이 정도가 적당한 표현일 것이다.

버틴다고 해서 쉽게 버틸 수가 없는 엄청난 고통이지만, 나는 그 고통을 하나하나 아로새겨 가며 미래에 대한 기대감과 즐거움으로 승화시켰다.

미치지 않으면 불가능할 생각이지만, 내게는 가능했다.

"하악. 하악. 하악."

거친 숨이 터져 나온다. 정신은 버틴다 하더라도 육체가 버티는 것에는 한계가 있다.

아직 이 몸의 컨디션이 내가 생각하는 만큼 올라와 있지는 않기 때문에, 고통이 계속되자 몸이 버티지 못하고 여기저기서 이상 신호를 내기 시작했다.

가장 먼저 숨이 가빠지고 자연스럽게 무릎이 꿇어진다. 가슴 언저리에 모든 고통이 몰리게 되면서, 온몸의 힘도 자연스레 그쪽으로 쏠리고 있는 것이다. 그러다 보니 다리의 힘이 빠지고 무릎을 꿇은 자세가 될 수밖에 없다.

―크흐흐흐…….

순식간에 내 몸의 변화를 이끌어낸 아이거의 웃음소리가 들린다. 이쯤에서 아이거가 본심을 드러내게 된다. 몸은 자신의 입맛에 맞게 변화를 이끌어냈으니, 이제 남은 것은 몸을 통제할 머리를 차지하는 일이었다.

여기서 초기에 아이거의 힘을 튕겨낸다면 그것대로 손해다. 아이거가 내 정신을 잠식하는 동안에도 몸의 변화는 계속해서 진행되기 때문이다.

즉, 내가 한계점에 이르렀을 때. 그러니까 정신의 99.9%가 잠식되고 완벽하게 아이거에게 통제권이 넘어가기 바로 직전! 그때까지 버티는 것이 중요했다. 그 시간만큼의 변화가 평범한 마법사에게는 수년에서 수십 년을 좌우할 정도로 큰 변화가 된다.

"후아. 하아. 후아."

내가 더 거친 숨을 토해내는 가운데, 아이거가 드디어 예상했던 대로 내 정신을 잠식하기 시작했다. 그러면서 내게는 없는 기억들이 생겨나기 시작한다. 바로 아이거의 기억이다.

아이거가 살았던 살인마로서의 끔찍하고 잔혹하며, 피와 눈물 그리고 원망으로 얼룩졌던 삶들이 나를 억누르기 시작한다.

그리고 반지에 봉인된 채로 수많은 시간을 보내다가 새로이 주인을 찾고 그 주인에게 다시 덧씌웠던 지옥 같은 삶의 굴레들까지도 모두 기억이 되어 나를 억누른다.

이 세월의 무게를 다른 마법사들은 버텨내지 못했다. 시간이 흐를수록 더 그랬다. 앞서 희생된 마법사들의 기억까지도 동원해서 계약의 대상자가 된 상대의 정신을 잠식해 버리기 때문이다.

수백 년의 세월 동안 누적된 이 부정적인 감정의 향연을 받아낼 수 있는 사람은 없었다. 이는 메디우스라도 마찬가지일 것이다. 그나마 메디우스 정도의 대마법사라면 최소한 몸의 전부를 빼앗기진 않겠지만, 그래도 절반 이상이 아이거의 손아귀에 넘어갈 터다.

—크흐흐흐, 좋아, 좋아…….

아이거는 내가 아무런 생각도 반응도 하지 않고 그를 받아들이고 있다고 생각했는지, 이미 승기를 쥔 것처럼 만족스러워하고 있었다.

나는 나대로 몸에서 일어나고 있는 변화에 만족하고 있었다. 변화, 즉 각성이 끝나고 나면 내 몸은 마법을 쓰기에 더할 나위 없이 특화된 몸이 될 것이다. 과거처럼 마법 캐스팅 두어 번에 마나가 바닥나 헐떡거릴 일은 없을 터였다.

아이거는 정말 좋은 매개체다. 자신의 수고를 더해 내 몸을 완벽히 변화시켜 주기 때문이다. 물론 본인은 그런 사실조차 모르겠지만.

나는 더욱 아이거의 기억들을 받아들였다. 그에게는 정말 지옥과도 같은 기억들이겠지만, 애석하게도 내게는 그가 경험한 것 이상으로 끔찍하고 참혹한 기억들이 많다. 수백 년의 삶은 수천 년의 삶을 절대 이길 수 없다.

50%… 86%… 92%… 97%…….

아이거와의 커넥팅이 얼마만큼 이루어졌는지 나는 직감적으로 이를 수치화했다. 거의 끝이 보이고 있다.

—다 왔어…….

아이거의 희열에 찬 사념이 느껴진다. 나는 그가 마지막으로 힘을 더 내주기를 기다렸다. 아직 3%가 남았다.

98%… 99%…….

거의 전부에 가까울 정도로 잠식이 이루어지자, 나에게도 엄청난 압박감이 느껴진다. 여기서 잠깐 집중력이 흐트러지면, 그때는 내 모든 것을 아이거에게 빼앗기게 된다.

하지만 아직까지는 버틸 만했다. 더 욕심을 내야 한다. 0.1%의 차이가 몇 년을 좌우할 수도 있다.

아이거는 마지막으로 힘을 내고 있었다. 자신이 곧 차지하게 될 몸을 더욱 완벽하게 만들기 위해 마나 홀과 마나 로드를 다시 한 번 강화하고 있었다.

아이거의 입장에서도 내 몸과 완벽하게 연결을 이루고 차지하게 되면, 몸을 더 이상 변화시킬 수가 없게 되기 때문이다.

99.5%.

이제 마침표만 찍으면 되는 상황이 왔다.

―끝났다…….

찰나의 시간이 지나면 끝이 난다. 아이거의 작전이 성공하게 되는 것이다.

바로 그때. 나의 반격이 시작됐다.

내가 살아온 수천 년의 삶.

영겁과도 같은 이 삶의 무게와 한, 증오, 비탄, 잔혹, 분노, 광기가 담긴 지옥과도 같은 기억들이 역으로 아이거의 모든 것을 잠식해 가기 시작한 것이다.

그 순간, 전세가 역전됐다.

내 몸 전체를 빠르게 잠식시켜 가던 아이거의 정신이 순식간에 밀려나기 시작했다. 마침표만 찍으면 되는 상황에서 모든 것이 역행하게 된 것이다.

—아……?

아이거는 매우 당황한 모습이었다. 오히려 그는 내가 역으로 돌려주고 있는 나의 기억들에 엄청난 혼란을 겪고 있었다. 내 모든 기억들이 공유되는 것은 아니지만, 그라면 느낄 수 있을 것이다.

자신이 가지고 있는 시간의 무게보다 훨씬 더 무겁고 차가운 기억들이 내게서 느껴진다는 것을.

나는 매섭게 몰아붙였다. 빠르게 전신의 통제권이 내게 넘어오기 시작했다. 아이거의 정신은 속절없이 후퇴를 거듭했다. 머리, 목, 어깨, 팔, 그리고 상체의 모든 통제권이 내게로 넘어왔다.

마나 홀과 마나 로드를 두고 아이거와의 신경전이 있었지만, 그는 버틸 수만 있었을 뿐 더 이상 힘을 내지 못했다.

이미 내 몸을 차지하기 위해 힘을 쏟아 붓는 과정에서 상당한 정신력을 소모했기 때문이다.

—이건 말도 안 되는 일이야. 말도 안 되는 일이야!

아이거가 소리쳤다. 사념의 외침이라 외부로 소리가 들리는 것은 아니지만, 나는 그의 목소리를 느낄 수 있었다. 살아오면서 단 한 번도 당황한 적 없는 아이거였지만, 이번에는 매우 흔들리고 있었다.

"하아."

나는 뜨거운 숨을 토해내며, 다시금 반격에 박차를 가했다. 아이거는 마나 홀의 주도권을 놓고 총력전을 벌였다. 정신의 잠식이 실패한 마당에 몸에서 가장 중요한 부위의 소유권을 빼앗길 수 없다는 강력한 의지의 표현이었다.

하지만 아이거는 내가 그에게 쏟아 붓고 있는 수천 년 기억의 무게를 버텨낼 재간이 없었다.

그로서도 감당하기 힘든 고통일 것이다. 내가 그에게 전해 주고 있는 수많은 부정적인 감정과 기억들은 광기에 찬 마법사의 육신으로 수십 년을 살고 그 이후에 영혼이 되어 살아온 아이거와는 비교도 되지 않는 것이었다.

—네가 이런 사람이었다니… 넌 존재해서는 안 되는 사람이야…….

"하지만 존재하지."

아이거는 원망 섞인 목소리가 들렸다. 그의 말이 옳았다. 나는 존재해서는 안 되는 사람이다. 수많은 삶을 반복해서 살았던 사람이니까.

하지만 존재한다. 그리고 아이거는 그 실체와 마주하고 있는 것이다.

—나는 이용당한 건가?

나는 그의 말에 대답을 하는 대신 더욱 힘을 내어 몰아냈다. 그가 내 몸 어디에도 흔적을 남길 수 없도록. 아이거의 이용 가치는 여기까지다.

단, 실체가 존재하지 않는 아이거를 죽일 수는 없다. 아이거는 반지에 봉인된 영혼으로 돌아가게 될 것이고 나와의 커넥팅은 이뤄졌으니 교감은 가능하게 될 것이다.

즉, 원래 있던 대로 반지 속에 존재하게 되겠지만, 나와 사념을 통한 대화를 주고받을 수는 있게 되는 셈이다.

—이렇게 밀려날 수는 없어. 하지만… 이건 어쩔 수 없어…….

아이거의 힘은 급격히 약해지고 있다.

몸의 핵심이기도 한 마나 홀과 마나 로드의 주도권을 완벽히 빼앗은 나는 내 하체에 남아 있는 아이거의 흔적까지도 모두 지워 버렸다.

아이거는 전의를 잃은 병사처럼 후퇴만을 거듭했다. 나와 그 사이에 존재하는 엄청난 간극을 스스로 깨닫고 인정한 듯했다. 마나 홀의 주도권을 빼앗기는 순간, 아이거는 더 이상 버틸 생각을 하지 않았다.

"당신은 이용당한 것이 아냐. 내 힘의 일부가 되었고 내 힘이 된 거지. 정당한 힘 싸움에서 밀렸을 뿐이고."

—아냐, 이건. 이건 아니라고!

아이거의 울부짖음에 가까운 외침이 들리고. 더 이상 아이거의 어떤 반응과 목소리도 들리지 않았다.

나는 안정적으로 몸 전체에 대한 통제권을 회복하고 변화된 나의 몸을 받아들였다. 각성 과정이 끝난 것이다.

"후우……."

잿빛 연기가 걷히고 시야에서 사라졌던 동굴 주변의 광경들이 보이기 시작한다. 눈앞에 놓인 지옥의 마법서가 보인다.

내용을 펼쳐 보자 아무것도 보이지 않는다. 커넥팅이 된 대상, 그러니까 내가 살아 있기 때문에 이 마법서의 내용은 더 이상 보이지 않게 된 것이다.

원래대로라면 아이거가 계약자의 몸을 차지하고 이후 문제를 일으키거나 다른 이유 등으로 그 몸이 죽고 나면, 다시 아이거의 영혼이 반지 안으로 되돌아가면서 자연스럽게 마법서의 내용이 표시되는 구조로 이루어져 있다.

마법서의 내용이 보인다는 것은 아이거가 반지에 봉인되어 있다는 증거이기 때문이다.

하지만 지금은 얘기가 다르다. 아이거가 내 몸을 차지하지 못한 상태에서 계약은 이루어졌다. 그리고 마법서의 내용은 계약이 이루어졌기 때문에 사라졌지만, 아이거는 여전히 반지 안에 그 영혼이 봉인되어 있다. 물론 '강제로' 봉인된 것에 가깝지만 말이다.

즉, 이제는 내가 죽어도 마법서의 내용은 다시는 채워지지 않는다. 반지로 돌아갈 수 있는 것이 아니라, 내가 죽고 아니고에 관계없이 반지 속에 갇혀 버린 형태가 되었기 때문이다.

계약에서 주도권을 빼앗지 못한 몸은 이제 되돌릴 수 없다. 물론 훗날 나의 빈틈을 노리고 다시 차지하려 할 수는 있다. 하지만 내가 어지간히 정신적으로 쇠약해진 것이 아닌 이상, 그건 불가능한 일이었다.

이제 아이거는 내 몸을 차지할 생각을 하거나 내가 죽기를 바라기보다는 내가 살아 있으면서, 언젠가 자신에게 기회를 주기를 바라야만 한다.

완벽한 전세 역전인 것이다.

─이제 나는 육신을 얻을 수 없는 건가?

절망에 찬 아이거의 목소리가 다시 들려왔다. 그는 실의에 빠져 있었다.

─나를 방심하게 만들기 위해서 연기를 했어. 처음부터 끝까지 모두 계획된 것이었나……?

"그런 셈이지."

─도대체 왜?

"당신의 힘이 필요했으니까."

─나는 이제 존재할 이유조차 없게 되었다. 영원히 이 안에

서 살아야만 하겠군……

"글쎄? 꼭 그렇다고 할 수만은 없을 텐데."

나는 수백 년의 삶이 무(無)로 돌아가 버린 아이거의 심정이 이해가 갔다. 하지만 그는 엄밀하게 따지자면 악인이다. 계약자의 의도와 관계없이 몸을 취하고 그 몸을 함부로 굴려 죽음에 이르게 만든 장본인이다.

수십, 수백 년의 기다림이 그의 악행에 대한 면죄부가 될 수는 없다.

다만 나는 아이거에게 희망의 끈을 하나 내려주었다. 그가 정말 육신을 얻어 현신(現身)해서 살기를 바란다면, 그 방법을 만들어줄 수 있기 때문이다.

방법은 아주 간단하다.

그에게 제공할 육신 하나를 확보하고 내가 암기하고 있는 마법서의 주문을 외우는 일이다. 그러면 동일하게 계약 절차가 진행된다.

단 매개체가 계약 대상자가 아닌, 내가 되는 것이다. 육신, 나, 아이거 이렇게 3자로 이루어지는 계약이 되는 셈이다.

이미 몇 번의 삶을 반복하면서 마법서의 주문들은 자연스럽게 암기가 됐다. 실제로 아이거는 과거의 삶에서 나를 통해 육신을 새로이 얻었던 적이 있었다. 그리고 개과천선하여 나름 평범한 삶을 살았다.

물론 이번의 삶에서도 그럴 것이라 장담할 수는 없다. 단, 아이거의 입장에서 볼 때 희망이 없는 상황은 아닌 셈이다.

물론 다른 방법으로는 내 몸을 내어주는 방법도 있기는 하다. 하지만 그건 내가 허락할 일이 없는 일이다.

—어떻게?

나는 아이거의 물음에 대답 대신, 과거 아이거가 새로이 육신을 얻어 살게 되었던 때의 기억을 투영시켜 주었다. 그러자 아이거가 내 기억을 훑어보며 몇 번이고 탄성을 터뜨렸다. 방법이 있는 것이 보였기 때문이다.

"방법은 존재해. 단, 그럴 만한 자격이 된다고 생각할 때 고려해 보지. 그 전까지 당신, 아니 너는 이제 그 안에서 그동안 네가 저지른 악행들을 반성하며 살아야 할 거다."

나는 내친김에 말까지 놓았다. 수백 년을 육신과 영혼으로 살아온 것? 내 인생의 전부를 합치면 아이거가 산 삶은 일부에 불과했다.

이제 아이거의 생사여탈권은 내게 있는 것이나 다름없다. 내가 그의 새 육신을 찾아주지 않으면, 영원히 나를 주인으로 모셔야 하는 반지 속의 영혼이 될 수밖에 없다.

—아아아아아악, 빌어먹을! 빌어먹을! 이건, 이래서는 안 되는 일이야. 안 돼! 안 된다고……!

아이거의 절규가 이어졌다. 나는 무심하게 그의 절규를

받아넘겼다. 그리고 아이거는 더 이상 아무 말도 잇지 않았다. 아마 며칠에서 몇 주는 내게 아무런 말도 하지 않을 것이다.

대마법사라는 호칭을 가지고 있는 아이거지만, 수백 년을 살아오면서 독했던 성격이 모두 사라지고 의외로 소심한 구석이 많아지게 된 아이거였다.

삐져도 단단히 삐졌겠지.

*   *   *

나는 오도르 산에서 내려가기에 앞서, 생각을 정리하기로 했다.

몸의 상태는 완벽했다.

3클래스의 백마법과 흑마법을 완벽하게 구사할 수 있다. 일시적으로 마나의 소비량이 두 배로 늘어나기는 하지만, 백마법과 흑마법을 동시에 사용할 수도 있다. 각각 다른 마나로드를 이용해 양손에 다른 형태의 마법을 캐스팅할 수 있기 때문이다.

하지만 나는 어지간해서는 흑마법의 사용을 자제할 생각이다.

스페디스 제국은 백마법을 신봉하는 국가고 마도국 자르

가드를 제외하면 대륙 전체가 흑마법을 배척하는 국가이기 때문이다.

지금 흑마법이 대륙 내에서 가지고 있는 인식에 대해 말을 하자면, 과거의 기억을 되짚어봐야 한다.

사실 백마법과 흑마법이 공존했던 마법 초기에는 흑마법에 대한 편견이 없었다.

마법을 해석하고 받아들이는 방식의 차이일 뿐, 같은 마법이라고 여기고 마법사들끼리도 어떤 마법을 연성하느냐를 두고 문제 삼지 않았다.

하지만 흑마법이 본격적인 문제로 대두된 것은 흑마법을 신봉하는 마도국들이 나타나기 시작하고 그들이 흑마법의 변형된 연성 형태인 마족과의 계약을 이끌어 내면서부터였다.

그 과정에서 많은 수의 흑마법사가 마족과의 계약을 통해 실력을 급성장시켰고 마도국은 강력한 흑마법사들을 보유한 강국이 되었다.

국가, 그리고 힘. 떼려야 뗄 수 없는 이 상관관계 속에서 평화로웠던 대륙의 판도도 바뀌기 시작했다.

마도국들이 욕심을 낸 것이다.

자신들이 보유한 강력한 흑마법사들은 다수의 인원을 살상하기에 충분한 힘을 가진 전력이었고 마도국들은 다른 국가와의 전쟁에 충분한 승산이 있다고 판단했다.

그래서 200년 전, 백마법으로 대표되는 신성 제국과 흑마법으로 대표되는 마도국 연합 사이에 전쟁이 발발했다. 30년이나 계속된 긴 전쟁이었다.

불행하게도 마도국 연합은 이 긴 전쟁에서 패하고 말았다. 마족과 계약한 흑마법사들이 마족의 유혹을 견뎌내지 못하고 더 큰 힘을 얻기 위해 계약을 갱신했다가, 역으로 마족에게 본체를 빼앗긴 것이다

좋은 놀잇감을 얻은 마족들은 적아를 구분하지 않고 살인을 일삼았고 마도국 연합은 이 흑마법사들로 인해 심각한 전력 손실을 입었다.

이후, 마도국 연합은 계속된 신성제국 연합의 공세에 대패를 거듭하며 밀려났고 그 와중에 세 개의 마도국이 항복했다. 그리고 남은 것이 마도국 자르가드였다.

신성제국 연합은 자르가드를 제외한 모든 국가에 상주하고 있는 흑마법사들을 잡아들였다. 30년 전쟁의 원흉들은 체포한 뒤 공개 처형했다.

그리고 특별법을 제정하여, 흑마법에 대한 연성을 역모죄에 준하는 중범죄로 규정하고 이를 어기는 자들은 이유 불문하고 처형했다. 흑마법에 대한 것은 마법 이론에 대한 연구만이 허용됐다.

그래서 나 역시 흑마법을 허투루 사용할 수는 없다. 물론 내가 마도국에 갈 일이 생기거나, 주변의 보는 눈이 없다면 흑마법을 마음 놓고 써볼 수 있겠지만.

남들의 시선에서 자유로울 수 없는 전투라던가, 아카데미 생활 등에서는… 보일 수 없는 마법인 것이다. 흑마법은 태생적으로 느껴지는 기운이 백마법과 다르기 때문에, 두 마법을 혼합해서 쓴다고 하더라도 같은 마법사끼리는 그 이질감을 바로 느낄 수가 있을 터였다.

"일단 다시 로이니아와 아론을 만나고 그 다음은 역시 테노스 용병단으로 가는 게 좋겠지. 카트리나 용병단은 너무 제국에 친화적이고 시시콜콜한 의뢰에 신경을 많이 쓰는 곳이니까."

나는 우선 로이니아를 한 번 더 만난 뒤, 그 다음의 일정을 고민하고 있었다.

내게 용병단 선택은 매우 중요한 일이다. 내가 전공을 세워 귀족가로 편입될 수 있는 유일한 수단이기 때문이다. 또한 제도권에서 쉽게 마주할 수 있는 크고 작은 기득권층의 견제와 압박에서 벗어나 자유로이 활동할 수 있는 곳이 용병단이기 때문이기도 했다.

내가 용병단으로 들어가기 위해서는 중요한 사람이 있다. 로이니아만큼이나 중요한 사람, 바로 로이니아를 끔찍이도 아끼는 오빠 아론이었다.

두 번째로 로이니아를 보게 되는 이번 만남에서는 아마 오빠 아론의 얼굴도 볼 수 있을 것이다. 물론 첫 만남이 순탄할 것 같지는 않다.

자기 자신을 제외한 세상의 그 어떤 남자도 여동생을 지켜줄 수 없다고 생각하는 사람이니까.

2장

로이니아와 아론

용병단에 들어가는 방법은 크게 세 가지가 있다.

　첫째, 모집 공고를 통해 입단 신청을 접수하고 각 용병단이 정한 절차에 맞게 평가전을 치르고 입단하는 것이다. 보통 이 과정에서 평가전은 용병단의 구성원 중에 한 명이 담당을 하게 되는데, 그 구성원이 누구냐에 따라 용병단의 입단 난이도가 달라졌다. 단, 꼭 상대를 이길 필요는 없었다. 이기면 두말할 나위도 없이 합격하지만, 진다고 하더라도 가능성을 보고 입단을 허락하는 경우도 많았다.

　둘째, 용병단 내의 구성원으로부터 추천을 받는 것이다. 물론 이 경우에도 입단 테스트를 하게 되지만, 간단한 체력 테스트 정도가 된다. 이미 구성원이 입증을 했기 때문에 자세한 확인 절차를 거치지는 않는 것이다. 단, 추천 형식으로 입단한 용병단원이 문제를 일으킬 경우에는 당사자는 물론이고 추천한 용병까지도 연대 책임을 물어 제명될 수 있었다. 그래서 신중해야 했다.

셋째, 스카우트다. 다른 용병단에서 두각을 드러낸 용병을 데려오는 방법이다. 단어 그대로의 방식이다.

내가 노리는 것은 첫째와 둘째였다.

첫째의 방식을 이용한다면 테노스 용병단으로 바로 가면 되겠지만, 둘째 방식을 이용할 가능성이 내게 존재한다. 그 이유가 바로 로이니아의 오빠 아론이다.

그는 테노스 용병단에서 어느 정도 자리를 잡고 있는 인물이고 충분한 입김도 가지고 있는 사람이다. 그가 나를 인정해 준다면 용병단 입단은 쉬워진다. 겸사겸사인 것이다. 로이니아도 만날 겸, 그도 만나고 자연스럽게 인연의 끈도 잡아놓는 셈이다.

소렌 남작가로 가기 위해 다시 마시엥 영지를 벗어나자, 주변은 한산해졌다. 경계 하나를 넘었을 뿐인데 수도권의 영지와 아닌 곳의 영지는 이렇게 차이가 났다.

수도권의 인구 편중 현상은 이 세계나 현대나 크게 차이가 없어, 점점 제도(帝都)에 가까워질수록 상주인구가 기하급수적으로 불어났다.

그래서 지방의 영지들은 땅덩어리는 크지만 상주인구가 적어 세수 부족에 허덕이는 경우가 많았다. 그래서 요 근래 지방 영지들은 적극적으로 다른 지방 영지민들의 이주를 장려하고 있었다.

정착을 위한 농지를 지급해 주고 정착 기간 동안 세금 일부를 면제해 주는 한편, 경우에 따라서는 정착 지원금까지 주는 경우도 있었다. 하지만 반응은 신통찮았고 그래서 스페디스 제국도 인구 불균형 현상에 대해 골머리를 앓는 중이다.

"헤이스트."

아무도 없는 산길. 나는 헤이스트 마법을 시전하며 신속하게 산길을 따라 이동했다.

확실히 충만해진 체내의 마나가 느껴진다. 꽤 오랜 시간을 헤이스트 상태를 유지하며 이동했지만, 마나의 손실은 많지 않았다.

마나 홀과 마나 로드는 체질 개선이 확실하게 됐다. 마나 홀은 이제 과거처럼 마나를 제대로 끌어당기지 못해 만성적인 마나 부족에 허덕이는 일이 없게 재편됐다. 당기는 힘은 더욱 강력해졌고 즉각적으로 손실된 마나를 채울 정도가 됐다.

마나 로드 역시 불순물이 가득하던 길들이 모두 열리고 백마법과 흑마법이 나뉘어 이동할 수 있도록 이분됐다. 남들에게는 하나밖에 존재하지 않는 마나 로드가 내게는 두 개가 된 셈인데, 어색하지는 않았다. 이미 경험해 본 것들이니까.

다만 마나의 총량을 늘리기 위해서는 충분한 실전 경험이 필요하다. 지금도 3클래스의 마법을 무난하게 구사하고 경우에 따라서 4클래스의 마법을 짜내듯 구사할 수는 있었다. 하지만 아직 몸이 버텨낼 수 있는 한계가 존재했다.

나의 기억, 경험은 4클래스가 아닌 9클래스 그 이상을 뛰어넘을 수 있는 수천 년의 시간이 담겨 있지만, 내 몸은 이제 제대로 살기 시작한 지 반년이 된 몸이다.

이 간극을 좁히기 위해서는 유일하게 나와 수천 년을 함께하지 못한 이 몸의 한계치를 끌어올려야 했다. 그것이 용병단 생활인 것이다.

테노스 용병단은 다른 용병단은 잘 수락하지 않는 의뢰 목적 자체부터가 의심되는 괴상한 의뢰부터 해서, 정말 다채로운 의뢰들을 받았다. 보수가 좋으면 어지간해서는 무슨 일이든 했던 것이다.

틀에 박힌 자잘한 몬스터 사냥이라든가 산적 퇴치 같은 것으로는 실력의 향상을 기대할 수 없다. 지금의 실력을 좀 더 깔끔하게 갈고 닦을 수는 있겠지만, 발전은 없다. 하지만 불가능할 것 같은 의뢰들, 난이도가 높은 의뢰들을 반복해서 수행하다보면 발전은 자연스럽게 따라오게 된다.

"몸이 근질근질하군."

슬슬 마법을 마음 놓고 사용할 수 있는 시점이 되자, 옛 기억들이 떠올라 몸이 달아오르기 시작한다.

내 머리는 마법의 극의에 가까워졌던 그때를 기억하고 있는데, 몸은 아직 걸음마 단계다. 마치 하루에 100만 원씩 펑펑 쓰던 어제를 뒤로한 채, 오늘부터는 하루 용돈 5천 원이 된 기분이랄까? 어제 생각이 무척이나 나는 것이다.

하지만 한편으로는 늘 그랬듯이 재밌겠다는 생각도 들었다. 나는 같은 조건에 있는 다른 그 누구보다도 내 능력의 한계와 특성을 잘 알고 적재적소에 활용하는 방법을 알고 있다. 이번에 만나게 될 아론에게도 확실한 실력 발휘를 할 수 있을 것이다.

이튿날, 소렌 남작가 근처에 도착한 나는 영지 내의 상점에서 좀 더 깔끔한 스타일의 옷으로 새로이 맞춰 입었다. 오도르 산에서 있었던 각성 과정이 워낙에 매서웠던 탓에 옷 여기저기가 헤지거나 찢어져 있었던 것이다.

새 옷으로 갈아입고 헤어스타일까지 단정하게 손보니 훤칠한 청년이 거울 속에 모습을 드러냈다. 내 모습이다. 항상 볼 때마다 익숙해지지 않는 금발이지만, 하얀 피부를 가진 이 몸에는 금발이 잘 어울린다. 큰 눈과 우뚝한 코, 홍조를 머금은 입술은 확실히 잘생긴 쪽에 가까운 외모이다.

나에 대한 아이린의 호감이나 로이니아와 친분을 빠르게 쌓을 수 있었던 것도 이런 외모에서 기인한 점이 크다. 그래서 나는 문득 이런 생각을 하곤 한다. 내가 정말 희대의 약골이자 추남의 몸으로 태어났다면 어떻게 인생을 설계했을까?

그때는 아마 내 건강을 찾는 대로, 그 다음 과제가 얼굴을 성형해 줄 사람을 찾는 일이었을 것이다.

외모가 전부는 아니지만, 외모 덕분에 안 될 일이 되는 경우는 정말 많다. 남녀 관계뿐만이 아니라, 초면의 사람과 만났을 때도 마찬가지다. 잘생기거나 예쁜 외모는 상대방에게 그 자체로 믿음과 호감을 이끌어내지만, 못생긴 외모는 마이너스 요소가 된다.

"아가씨라도 만나러 가시는 건가요? 정말 옷이 잘 어울리십니다, 손님."

"그런 셈이죠. 옷값은 여기, 잔돈은 됐습니다."

"아이고 고맙습니다. 손님!"

상점의 점원은 안에 들어온 손님 중 나에게 가장 먼저 달려와 준 덕분에 잔돈을 팁으로 가지게 됐다. 이런 것들 모두가 일상의 소소한 재미다.

내게는 별것 아닌 일도… 누군가에게는 큰 기쁨과 즐거움
이 되기도 한다.

*　　　*　　　*

내가 로이니아의 모습을 발견한 것은 늘 그랬듯이 언덕길
위에서였다. 끼니때를 제외하면 로이니아는 항상 저 언덕길
을 따라 걷고 또 걷는다.

그렇게 걷기만 하면 지루하지 않을까 싶지만, 로이니아는
항상 그랬다. 어쩌면 인맥 하나 없이 전혀 알지 못하는 곳에
와서 살아야 했던 그녀의 어쩔 수 없는 선택이기도 했을 것이
다.

이 근처에는 로이니아가 안면을 트고 지낼 만한 귀족가의
영애들도 없었고 소렌 남작에 대해 알려진 불편한 사실들 때
문에 아무도 남작과 자식들을 가까이 하려 하지 않았다.

이렇게 거의 반쯤 내버려 둔 상태나 다름없게 되어버린 로
이니아를 보듬어줄 사람은 오빠인 아론밖에 없는데, 아론이
용병단 일로 바쁘다는 것이 문제였다.

로이니아는 언제 터질지 모르는 시한폭탄과도 같았다. 그
녀는 내색하고 있지 않지만, 점점 자신만의 세계에 갇혀 좋지

않은 판단을 하기 위한 종착점으로 가고 있는 중이었다.

팟.

나는 오른손에 라이트 마법을 캐스팅했다.

라이트 마법은 말 그대로 조명의 역할을 해주는 빛나는 구체를 만드는 생활 마법인데, 클래스마다 발현되는 정도가 달랐다.

1클래스의 라이트 마법은 손전등을 들고 있는 것처럼 가리키는 방향만을 밝히지만, 3클래스의 라이트 마법은 마치 조명탄처럼 멀리 날려 보낼 수도 있다.

그래서 전장에서 주로 마법사들이 라이트 마법을 이용해 먼 거리의 아군에게 신호를 보내곤 했다. 색깔을 조합할 수도 있기 때문이다.

나는 로이니아의 뒷모습을 바라보며, 그녀의 머리 위로 라이트 구체를 날려 보낼 준비를 했다. 그녀는 먼 산 위로 떠가는 하얀 구름에 시선을 두고 있었다.

샤아아아.

손끝에 만들어진 라이트 구체는 핑크빛을 하고 있다. 이런 색을 만들어내기 위해서는 다양한 색상을 조합하는 과정을 거쳐야 하는데, 오랜 경험으로 숙달되지 않으면 색상 조합에 실패한다. 아니면 아주 오랜 시간이 걸리거나.

하지만 과거에 로맨틱한 분위기를 연출하기 위해 자주 이

마법을 사용하곤 했었던 나는 어렵지 않게 색을 만들어냈다.

휘이이이!

내가 손짓을 하자 포물선을 그리며 로이니아의 머리 위로 라이트 구체가 날아갔다. 이것은 무형의 조명 구체이기 때문에 피격된다고 하더라도 고통을 느낀다거나 하는 것은 없다. 그저 가루처럼 산산이 흩어질 뿐이다.

그 사이, 나는 헤이스트 마법을 시전해 빠르게 언덕길을 타고 올라갔다. 헤이스트 마법은 마법사들 사이에서도 만능이라고 부를 정도로 그 활용도가 높다.

몸과 신체의 움직임을 극대화하는 한편, 상대적으로 본인에게 느껴지는 시간의 흐름을 느리게 만든다. 그래서 원거리 전투가 아닌 근접전을 선호하는 전투 마법사들은 헤이스트와 블링크 마법을 즐겨 사용했다. 상대를 정신없게 만들 수 있기 때문이다.

핑! 샤르르르륵!

"와!"

로이니아의 머리 위를 지나 눈앞에 도착한 라이트 구체가 자연스럽게 터지며, 폭죽처럼 허공에 핑크빛의 반짝임을 만들어냈다. 그 순간, 로이니아가 탄성을 터뜨리며 신기한 듯이 허공에서 산산이 흩어지는 빛의 조각들을 어루만졌다.

"잘 지냈어요?"

"……!"

내 목소리를 들은 로이니아가 뒤를 돌아본 채, 내게 달려오려는 듯 몸을 앞으로 움직였다가 멈춰섰다. 반가운 마음에 달려올 생각을 했다가 나와 로이니아 사이의 아직은 애매한 관계 때문에 머뭇거린 것 같았다.

순식간에 많은 감정이 교차했기 때문일까? 로이니아의 얼굴이 붉어졌다.

'확실히 예전과 달라.'

지난번 첫 만남에서도 느꼈던 것이지만, 나에 대해서 느껴지는 로이니아의 감정이 예전의 기억과는 좀 다르다. 과거의 로이니아는 이 정도로 나에게 호감을 갖지는 않았었다.

물론 그때는 이런 식으로 마법을 이용한 이벤트는 없었지만, 그런 점을 차치하고라도 로이니아가 내게 갖는 감정은 두 번째 만남이지만 호감에 가까워 보였다.

귀족이라는 틀이 가진 인식과 그녀의 성격이 아이린만큼이나 적극적인 표현으로 이어지지는 않게 하지만, 그래도 예전에 비하면 상당한 감정의 표현이다.

"오늘도 여기 있었네요. 그럴 줄 알고 찾아왔어요. 방금 보여준 건 작은 선물이에요. 일상 속의 재미라고나 할까?"

"마법을 쓸 줄 알아요?"

"알죠."

"전에 만났을 때는 전혀 몰랐어요. 마법사라고는 생각하지도 못했는데."

"아무것도 보여주지 않았으니 그랬을지도요. 당연한 거예요. 어때요, 신기하죠?"

귀족가의 사람이라고 해서 마법이 익숙한 것은 아니다. 대다수의 마법사들이 제국군에 소속되어 활동하거나 아카데미에서 교육을 받고 학계에서 연구를 하기 때문에 대외적인 활동은 그리 많지 않았다.

학술회의라든가 전쟁이면 모를까, 실생활에서 마법사를 보는 일은 많지 않은 것이다.

로이니아도 오빠 아론을 통해 용병단에 있는 마법사들에 대한 이야기는 들었겠지만, 직접 본 적은 없을 터다. 용병단이 남작가를 찾아와 줄 리는 없으니까.

"신기하다기 보단… 뭐, 그냥 좀 신선했어요."

"그게 그 말 아닌가요?"

"그래요? 아닌 것 같은데. 그래도 눈이 즐거웠어요. 마법에 이런 게 있는 줄은 몰랐거든요."

로이니아의 묘한 줄다리기가 느껴진다. 어느 정도가 적정선의 표현인지를 헷갈려하는 눈치다.

마냥 내 말에 동조를 하자니 마음을 다 내보이는 것 같고, 그러지 않자니 너무 새침하게 구는 것 같은 느낌일까? 왠지 그녀의 눈빛만 보고 있음에도 불구하고 그런 로이니아의 귀여운 고민이 내게는 느껴졌다.

"그 친구는 잘 지내고 있나요?"

"친구요? 아… 친구, 네. 잘 지내고 있어요."

나는 자연스럽게 운을 뗐다.

실제로는 존재하지 않는 친구, 하지만 나는 알고 있는 로이니아의 친구. 바로 로이니아 자신에 대한 이야기를.

*　　　*　　　*

친구의 입을 빌어 털어놓는 로이니아의 이야기들은 정략결혼, 배신한 친구들, 형편이 나빠진 가문에 대한 그런 이야기들이었다.

나는 로이니아 본인에 대한 이야기임을 알면서도 모르는 체, 그녀의 말을 들어주고 '친구'에 대한 고민 상담을 해주었다.

몇 번이고 이런 얘기를 해도 괜찮을지 모르겠다며 망설이는 로이니아에게 나는 괜찮다는 말로 그녀를 안심시켰다. 그녀는 그렇게 자신의 고민을 하나둘씩 털어 놓았고 나는 긍정적인 말과 이야기로 그녀의 비관적인 생각을 고쳐 주었다.

소렌 남작이 돌아오면 늘 그랬듯이 정략결혼을 추진할 것이다. 아무리 권력과 명예에 눈이 먼 소렌 남작이라고 해도, 로이니아의 허락 없이 쉽게 이런 일을 추진할 수는 없다.

　과거의 로이니아가 정략결혼의 희생양이 된 것은 아버지 소렌 남작의 완강한 주장 속에 결국 로이니아가 반쯤 포기하다시피 자신의 뜻을 접었기 때문이다.

　로이니아는 소렌 남작에게 '아버지가 저를 이렇게 버리시면, 영원히 볼 수 없게 되실지도 몰라요' 라는 말로 미래에 대한 암시를 주기도 했었지만, 소렌 남작은 이것을 로이니아의 사소한 반항 정도라 생각하며 무시하고 넘겼다.

　그리고 몇 달 후, 그는 싸늘한 주검이 된 딸의 시신을 끌어안게 됐고 오빠인 아론에게 죽임을 당했다. 일가족이 풍비박산 난 것이다.

　나는 로이니아에게 확신을 심어주었다. 희생이 능사는 아니라는 것을.

　정당하게, 적법하게 얻은 힘이 아닌 모종의 거래에 의해 얻은 힘은 언제든 모래성처럼 무너질 수 있는 것임을.

　로이니아는 나와 계속해서 대화를 나누면서 마음이 한결 편해진 모습이었다. 내가 이야기를 하는 내내 이 이야기가 로이니아에 대한 이야기라는 것을 알고 있는 것처럼 행동했다면, 그녀는 매우 불편했을 것이다.

어쩌면 친구라는 존재의 이름을 빌어 마음을 털어놓지 않았을지도 모른다.

하지만 나는 완벽하게 전혀 모르는 사람의 연기를 해주었고 결과적으로 그녀에게는 후련한 고민의 대화가 되었다.

내가 떠나 있었던 며칠 동안의 일들을 로이니아는 궁금해했다. 마시엥 영지에서 있었던 일이었다.

나는 로난, 아이거와 있었던 일을 제외하고 마시엥 영지에서 보고 들었던 것들을 로이니아에게 전해주었다.

스치듯 본 것이기는 했지만, 기억에 남아 있는 화장품이나 유행하는 여성 의상에 대한 이야기도 해주었다.

로이니아는 그런 시시콜콜한 일상 속의 이야기들을 들으면서도 즐거워했다. 그녀도 천상 여자였다. 화장품이나 옷에 대한 이야기를 할 때면 귀를 쫑긋 세워가며 들었다.

로이니아─! 로이니아─!

그렇게 로이니아와 내가 이야기꽃을 활짝 피워가고 있을 무렵, 남작가 쪽에서 로이니아의 이름을 부르는 목소리가 들렸다.

굵은 중저음의 목소리, 하지만 생기가 가득한 젊은 남자의 목소리였다.

'아론이군.'

지금은 테노스 용병단의 모집 기간으로 동시에 휴식기이

기도 했다. 모집이 끝나고 나면 자동으로 휴식기가 끝나고 용병단은 본격적인 업무에 들어가게 된다.

그래서 아론이 용병단이 아닌 남작가에 와 있는 것이다. 항상 걱정하고 아끼는 여동생이 홀로 남겨져 있으니, 오빠인 아론의 마음도 편치 않을 터다.

그것은 레니를 생각하는 내 마음과 다를 것이 없을 것 같았다.

아론의 목소리를 들으니 몸에 힘이 잔뜩 들어가게 된다. 아론은 스물한 살로 젊은 나이였지만, 벌써 다른 용병단에서도 스카우트 제의가 들어올 만큼 실력 있는 검사였다.

여동생과 오붓하게 이야기를 나누고 있는 '외간 남자'의 모습을 지켜본 오빠의 반응이 호의적일 가능성은 없다.

그런 가운데 나는 아론에게 테노스 용병단에 입단하기 위한 가교 역할을 해줄 것을 부탁해야 한다. 즉, 아론과 실력을 겨뤄야 한다는 이야기다.

자신에게 실력도 보여주지 않는 상대를 용병단에 추천해줄 바보는 없으니까. 오히려 테스트를 빙자해서 동생 로이니아를 건드린 것에 대한 대가를 치르게 하려고 할 터다. 그러니 몸에 자연스레 힘이 들어가는 것이다.

내가 용병단에 들어가려는 이유에는 여러 가지가 있다.

가장 큰 그림으로 놓고 보자면 미래에 대한 안배다. 테노스 용병단, 그리고 이 용병단과 연계된 다른 용병 조직들은 모두 제국 내에서 실력 있는 사람들이 모인 곳이다.

이들은 아주 유능한 인재들이고 훗날 제도권에 편입되거나 혹은 용병 생활을 하면서 이름을 떨치게 되는 사람들이다.

나는 앞서 나 혼자서 '그'가 원하는 대로, 이 세계의 최고가 되기 위해 달려나가는 과정이 매우 어렵다는 사실을 실감했다.

훗날 대륙은 아주 오래전부터 호시탐탐 전쟁을 일으킬 기회를 노려왔던 드래곤 일족과 다른 이종족들의 공격으로 인해 불바다로 변하게 된다.

과거의 나는 그 과정에서 내 실력 하나에만 의지해 홀로 그들을 상대했고 결과는 실패였다.

마법의 극의를 뛰어넘을 힘을 가졌지만, 그렇다고 해서 드래곤 '들'이 두더지 게임을 하듯 때려잡을 수 있는 존재는 아니었던 것이다.

그때 나는 뼈저리게 느꼈다.

더 많은 동료, 더 많은 인맥, 더 높은 지위가 필요하다는 것을.

그리고 대륙에 살고 있는 인류를 위기에서 구하면서, 동시에 이 세계 최고의 종족인 드래곤들을 무너뜨릴 방법을 생각해 내야 한다는 것을 말이다.

용병단은 앞으로 내가 귀족으로 신분을 상승시켜 제도권으로 편입될 여지를 만들고 아직 올라오지 않은 신체의 밸런스를 잡을 수 있게 할 것이다. 동시에 훗날 실력 있는 존재로 성장하게 되는 용병대의 동료들과 끈끈한 전우애와 인맥을 만드는 가교 역할을 하는 것이다.

그래서 내게는 용병단 생활이 중요했다.

내 꿈과, 내 목표와, 내 계획에 오로지 '나'만 존재하는 것은 아니었다.

"오라버니, 여기예요!"

로이니아가 반갑게 아론을 불렀다.

아론이 로이니아를 끔찍이 여기듯, 로이니아 역시 오빠인 아론을 전적으로 믿고 따른다. 아버지인 소렌 남작의 말보다도 더 무겁게 생각하고 믿는 그녀다.

지금 나와 아론 사이에 어떤 트러블이나 충돌이 생기면, 로이니아가 응원하는 것은 아론이다. 아주 당연한 사실이지만, 알면서도 괜히 씁쓸하다.

다그닥! 다그닥!

로이니아의 목소리가 들리기 무섭게 속도를 줄였던 아론의 말이 언덕을 따라 빠르게 달리기 시작했다. 그리고 순식간에 코앞에 당도한 아론이 단숨에 말 위에서 뛰어내렸다.

"로이니아, 집에 있으라니까. 왜 나와 있어? 위험하다고 몇 번을 말해?"

"오라버니, 지금은 대낮이에요. 아무리 위험해도 지금은 아니에요. 그것보다 일찍 도착했네요, 오라버니."

"네가 걱정 되서 말이야. 변변찮은 집사라서 네 끼니도 제대로 해결해 주지 않았을 듯싶어서. 이번에 의뢰 수당 좀 두둑하게 챙겨왔지. 앞으로는 네가 어딜 가든 두 명 이상의 하녀가 널 보조할 거야. 그렇게 알아둬. 그것보다… 이분은 누구지? 왜 네 옆에 있으신 거냐?"

로이니아에게 시선을 둔 채로 이야기를 이어가던 아론은 한참 이야기를 풀어놓고 나서야, 옆에 앉아 있던 나를 쳐다보았다.

그제야 내 존재를 알아차린 것 같았다. 아니면 의도적인 무시이거나.

"레논 씨예요."

"무슨 일로 오신 분이지?"

"그저 용병단을 찾으러 가는 길에 로이니아 씨와 대면하게 되어 이야기를 잠깐 나누게 되었습니다. 한데… 아론 님이 아니신지요? 테노스 용병단의 명검사이신……."

"낯간지러운 인사는 생략하죠. 실례지만 제 동생에게 어떤 볼일이신가요?

아론은 상황 확인부터 먼저 했다.

귀족 사이의 틀에 박힌 예를 갖추기 보단 왜 동생에게 접근해 있었는지 이유부터 묻고 있는 것이다.

그는 실제로 테노스 용병단 소속으로 이름난 검사 중 하나이기도 했다. 그는 자신의 용병단 생활에 깊은 자부심을 가지고 있고 실력에도 믿는 구석이 있었다. 동생을 끔찍이 아낀다는 사실은 두말하면 입이 아플 정도로도 잘 알려진 사실이다.

"그저 지나가다가 대화를 나누게 되었을 뿐입니다. 잠깐 말동무가 되어드린 것이고 다른 것은 없습니다."

"다시 말씀해 주시겠습니까?"

못 알아들었을 리 없다.

하지만 아론은 내게 되물었다. 네 스스로 했던 말을 다시 해보라는 것이다. 즉, 도발이었다.

"지나가다 로이니아 씨와 대화를 나누게 되었을 뿐입니다."

"제 여동생에게 아주 불순하고도 위험한, 다른 의도가 있으신 건 아니고요?"

아론의 표정이 험악하게 변했다. 아론의 발언과 표정 변화에 로이니아도 매우 당황한 눈치였다.

방금 전까지 달달하게 나와 대화를 나누고 있던 그녀였으니 더더욱 그럴 것이다.

"아니에요, 오라버니. 제가 먼저 말을 한 거예요. 말동무가 필요해서 레논 씨와 대화한 거예요."

"그게 말이 돼? 로이니아, 네가 얼마나 낯을 가리는 지는 오빠인 내가 더 잘 알아."

"아무튼! 아무 일도 없었어요. 그저 말이 잘 통해서 편하게 이야기한 것뿐이라니까요!"

"이유가 뭐지?"

"말이 잘 통해서라고요! 다른 건 없어요. 레논 씨는 나쁜 사람이 아니에요. 고민 상담을 해줬다구요."

로이니아는 조용히 아론을 쳐다보고 있는 나를 대신에 그의 말에 답해주었다.

"처음 본 사람에게 그런 확신을 네가 가졌을 리 없어. 이 사람은 위험한 사람일 수도 있었어. 우리 가문을 노린 다른 가문의 사람일 수도 있어!"

"그런 것은 절대 아닙니다. 그저 말동무가 되어드릴 생각으로……."

"지금 나는 로이니아에게 말을 하고 있습니다!"

아론은 더욱 화를 냈다.

그의 반응은 당연한 것이다. 조금 유별나면서 한편으로는 팔불출 기질이 역력한 모습이지만, 그만큼 아론은 로이니아를 아꼈다.

세상사의 더러움에 물들어 버린 아버지와 그 아버지를 원망하고 있는 자신, 그래서 동생 로이니아만큼은 순수하게 자라주기를 바랐다.

그게 아론의 마음이라는 것을 나는 잘 알고 있다. 지금 이런 아론의 반응들은 동생을 보호하기 위한, 조금은 과장된 제스처인 것이다.

물론 나에 대한 적의도 일부 존재한다. 모르는 사람이니까.

"레논 씨, 오라버니와는 제가 얘기할게요. 그만 가보세요, 이제 됐어요."

"왜 내 여동생이 이 정도까지 하는 거지? 레논, 당신은 다른 사람들과는 다른 뭔가가 있는 겁니까? 그래서 로이니아가 지금 당신에게 이렇게 쩔쩔매는 겁니까?"

"그럴지도 모르죠."

나는 말꼬리를 살짝 올리며 아론을 도발했다. 자연스럽게 이야기의 장이 만들어졌으니, 내친김에 본론까지 꺼낼 생각이었다.

지금 나를 강하게 밀어붙이고 있는 아론의 모습은 평소와는 다른 모습이었다.

동생 로이니아가 혹여 위험에 처하지는 않았을까, 혹은 다른 누군가의 사이한 이야기에 이끌려 순수함을 잃지 않았을까 하고 걱정하는… 유별난 오빠의 사랑 표현이었다.

그는 실력만 있다면 신분이나 지위 고하를 막론하고 자신보다 강한 상대를 존경할 줄 아는 사람이었다. 다만 지금으로서는 아론에게 내가 친근한 인물이 아닌, 초면의 외간 남자이니만큼 경계를 늦추지 않는 것이다.

"뭐가 다르죠? 과연 잘난, 그 '다름'은 무엇인지 증명해 주시겠습니까?"

"테노스 용병단에 입단할 생각입니다. 아론 님의 추천이 필요합니다. 그러면 좀 다르게 느껴지실까요?"

"뭐라고요?"

이리저리 돌려 말하지 않고 본론부터 꺼낸 나의 발언에 아론이 어이없는 표정으로 되물었다. 하지만 워낙에 당당하게 말을 내뱉은 탓일까. 되려 아론의 표정에 호기심이 일었다.

"테노스 용병단에 지원하려고 합니다. 그에 걸맞는 실력을 보여드릴 수 있습니다. 그것이 제가 다른 사람들과는 다른 점입니다."

"실력을 보인다? 검을 들고 다니지 않는 것을 보면 마법사인 듯한데. 아니면 어쌔신?"

"어쌔신은 아닙니다."

두 가지 선택항 중 하나를 지워주었다. 남은 하나를 자연스럽게 떠올릴 수 있도록.

"레논 씨, 도대체 상황이 어떻게 돌아가고 있는 거예요?"

"로이니아 씨의 오빠가 아론 님일 줄은 몰랐습니다. 마침 용병단에 자원하러 가던 길이었어요. 한데 이렇게 아론 님을 직접 뵙게 되었으니… 차라리 잘됐습니다."

급변한 상황에 어리둥절해 하는 로이니아. 나는 아론에게서 시선을 떼지 않은 채, 마주보고 있었다.

"실력 검증을 받겠다? 날 꺾고 용병단에 지원할 추천 자격을 얻겠다는 겁니까?"

"그렇게 되겠죠."

"허풍이 아니길 바랍니다."

"목숨을 내놓을 각오는 됐습니다."

격식, 시간, 예의. 모든 것을 생략하고 나는 바로 아론에게 다리를 놓았다.

이대로 용병단을 찾아가서 지원서를 넣고 절차를 기다리고 심사를 받고 수많은 지원자들의 검토를 거쳐 용병단에 입단하는 것은 시간 낭비가 심하다. 좋은 방법을 두고 굳이 돌아갈 필요는 없다.

"그렇다면 그 실력을 한번 보도록 하죠. 만약 그 말이 허풍이라는 것이 밝혀지면 내 여동생을 거짓된 포장으로 현혹한 그 죄까지 묻게 될 겁니다. 명심하는 게 좋을 겁니다."

시이잉!

아론이 바로 검을 빼들었다. 예기를 잔뜩 머금은 검에 햇빛이 반사되어 빛났다.

"오라버니!"

"옆으로 나와 있어. 위험해진다, 로이니아."

"하지만……."

"이미 저 사람이 시작했고 내가 허락한 거다. 날 웃음거리로 만들 생각이 아니라면, 물러나 있어."

냉랭한 아론의 말에 로이니아가 황급히 뒤로 물러섰다. 아론은 익스퍼트 급의 검사다. 내가 쉽게 싸울 수 있는 상대는 아니었다.

하지만 그의 오래된 습관이나 몸에 밴 공격 방식들은 기억하고 있다. 완벽하게 구체적이진 않더라도 예상은 가능할 정도로.

"한 수 배우겠습니다."

파앗.

나 역시 준비 자세에 들어간 아론의 상황에 맞게, 오른손에 가장 기본적인 공격 마법인 매직 미사일을 캐스팅했다. 시작은 탐색전이다.

총력전은 그 다음의 일이다.

"당신의 당돌함과 오만함의 이유를 증명해야 할 겁니다."

아론의 매서운 눈빛이 내게 꽂혔다.

"결과가 모든 것을 증명해 주겠죠."

차분한 목소리로 나는 그의 말을 받았다.

그리고.

"하아아앗!"

아론의 일갈과 함께 전투가 시작됐다. 하늘하늘 따뜻한 봄 바람이 부는 아름다운 언덕길 위에서 시작된 승부였다.

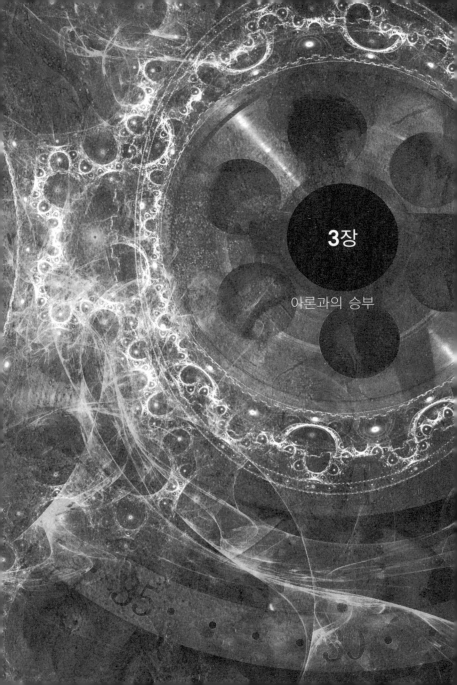

3장

아론과의 승부

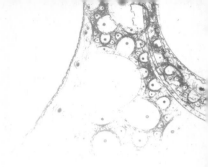

"하악. 하악. 하악."

"후우우. 후우우."

전투가 시작된 지 10여 분 후.

나와 아론은 서로를 매섭게 노려본 채로 가쁜 숨을 몰아쉬고 있었다. 체력 소모가 더 큰 쪽은 아론이었다. 그렇게 전투를 이끌어갔기 때문이다.

검사와 마법사의 전투는 서로 성향이 전혀 다른 직업군의 전투이기 때문에 풀어나가는 방식이 완벽하게 다르다.

오러 블레이드를 자유자재로 쓸 정도의 실력을 지닌 마스

터 급의 검사가 아니라면, 결국 선택지는 접근전이었다.

기본적으로 검술의 전개는 상대가 가까이 있음을 전제로 한다. 검의 사정거리 안에서야 비로소 검술의 위력이 발휘되는 것이다.

하지만 마법은 전혀 다르다. 상대가 어느 정도 멀리 있음을 전제로 한다. 근접 상태에서 마법 공격을 퍼붓는 건 위험한 행동 중 하나에 속하는데, 마법 구체의 폭발 등으로 인한 충격파가 역으로 자신에게 피해를 입힐 수 있기 때문이다.

그래서 마법사는 기본적으로 상대와의 거리를 두고 공격하는 것을 최우선으로 삼았다. 나는 그 기본에 충실하고 있는 중이다.

아론은 집요하게 내게 접근하려 했지만, 나는 헤이스트와 블링크 마법을 적재적소에 활용하여 아론에게서 멀리 벗어났다. 블링크는 4클래스의 마법으로, 현재 상태로는 마나 소모가 상당했다.

하지만 마나 홀에 마나가 가득 채워진 상태에서 쓸 때면 전체의 7할 정도가 소진됐기 때문에, 이후 회복되는 마나 량과 남은 마나를 이용해 얼마든지 전투를 풀어갈 수 있었다.

지금 내 실력은 3클래스와 4클래스의 중간, 공식적인 명칭은 없으니 3.5클래스라고 하면 적당하겠다. 딱 그런 상황이다. 3클래스의 마법은 무리 없이 펼칠 수 있으나, 4클래스의 마법은 어느 정도 텀을 두고 시전해야 하는 상황인 셈이다.

나는 의도적으로 장기전으로 싸움을 끌고 갔다. 마법사인 내 입장에서 굳이 서둘러 승부를 보려 할 필요는 없다. 물론 검사들은 이를 두고 비겁하다, 도망치지 말고 승부하자… 같이 말할 수도 있다.

하지만 글쎄? 이것이 생사를 건 전투든, 혹은 무엇을 건 승부든 결국 결과는 승리 아니면 패배다.

승리를 위해서 마법사 본연의 목적에 충실하게 거리를 벌리고 원거리 공격을 가하는 것은 당연한 일이었다.

로이니아는 멀찍이 떨어진 곳에서 걱정 어린 눈빛으로 오빠 아론을 바라보고 있었다. 내게도 시선을 이따금씩 돌리긴 했지만, 그녀로선 혈육인 오빠의 안전이 더 걱정되었을 것이다.

실제로 전투 양상도 그렇게 흘러갔다. 아론은 내가 펼치는 마법 공격을 막느라 정신없었고 내게 접근할 생각을 쉽게 하지 못했다. 나 역시 그처럼 집요하리만치 거리를 주지 않았기 때문이다.

아론의 눈빛은 흔들리고 있었다. 분명 그는 나를 과소평가했다.

정말 실력이 있는 마법사라고 생각하기보다는 여동생 로이니아 앞에서 허세 떨기를 좋아했을 동갑내기 귀족 자제라고 생각했을 터.

하지만 전투가 시작되고 서로의 실력에 대한 탐색이 끝나자 나를 대하는 아론의 표정과 자세도 달라졌다. 아론은 공격 일변도였던 초반의 패턴을 바꾸어 기본 방어 자세로 나를 마주하고 있다. 그것만으로도 그의 심경 변화를 읽을 수 있는 것이다.

나는 조용히 아론을 응시했다. 회복에 필요한 시간을 줄수록 더 불리해지는 것은 아론이다. 마법사는 접근해서 쉴 새 없이 공격을 퍼붓고 휘몰아칠 때 약점을 드러내기 쉬운 직업이다.

그 과정에서 쉴드를 펼치거나, 공격 마법으로 대응하면서 마나 소모가 순식간에 이루어지고 회복이 적재적소에 이뤄지지 못하면 그야말로 마법사란 이름을 가진 고깃덩어리가 되어버리기 때문이다.

아론도 그 점을 잘 알고 있을 것이고 그래서인지 천천히 발걸음을 앞으로 옮기며 거리를 살금살금 좁혀오는 모습이었다.

나는 진지하게 전투에 임하고 있는 아론을 애써 말로 자극하지는 않았다. 지금도 그는 충분히 나의 대응에 자극을 받고 있다. 내색은 못하지만, 약이 바짝 오른 것이다.

진짜 얄미우리만치 거리를 안 주는군!

아마 속마음을 들여다볼 수 있다면, 저런 말을 했을 것이다. 내가 가장 가깝게 아론과 거리를 두었을 때는 전투가 막 시작되었을 무렵, 그때가 가장 가까웠을 때였다.

"타아아앗!"

결국 정적을 깨고 다시 불길을 태운 것은 아론이었다. 이것이 정석이다. 검사는 끊임없이 달려들며 빈틈을 노려야 하고 마법사는 회피하고 이동하며 빈틈을 공략해야 한다.

물론 모든 마법사가 이를 능수능란하게 할 수 있는 것은 아니다. 이동 경로라든가 움직임의 패턴이 읽히면 실력 좋은 검사들은 예측 공격을 한다. 예상되는 지점으로 검로를 틀어, 공격을 연속적으로 이어나가는 것이다.

이런 상황이 마법사에게는 최악의 상황이다. 자기 자신도 모르는 어떤 습관이나 패턴이 노출되어, 허망하게 자신의 다음 수가 까발려질 때다.

이럴 경우, 실전이라면 거의 마법사는 죽는다. 마나를 최대한으로 끌어내어 두껍게 펼친 쉴드가 아니라면 빈틈을 파고드는 검격을 막을 수가 없다.

그래서 나는 변칙적으로 움직임을 가져갔다. 때로는 아론을 향해 달리는 체하다가, 블링크를 이용해 그의 등 뒤로 이동하기도 했다.

위험한 움직임이지만 효과적이다. 패턴을 섞어놓을 수 있기 때문이다.

기억의 잔상 속에 남은 내 모습에는 단순히 좌우 회피뿐만이 아니라, 그를 통과해서 회피를 하는 것도 가능하다는 인식이 남았을 테니까.

"헤이스트."

나는 이번에는 변수를 주기로 했다. 아론도 바보는 아니다. 시간을 끌면서 내가 유리한 시점을 잡아볼 수는 있겠지만, 그러기에는 시간이 너무 오래 걸린다.

"음!"

내가 거침없이 돌진해 오자, 아론의 양손에도 힘이 잔뜩 들어갔다. 그 순간, 내가 자세를 낮추었다. 이미 몇 번이나 이런 상황에서 나는 아론의 뒤로 돌아가는 방식을 사용했었다.

그 학습 효과 때문일까? 아론의 시선이 이미 예측하고 있었다는 것처럼 뒤로 돌아갔다. 내가 헤이스트에 이어 연속적으로 블링크를 시전할 것으로 예상한 것이다.

하지만 나는 움직이지 않았다.

나의 움직임 하나하나를 면밀하게 관찰하고 그 흐름을 기억에 담아왔던 아론의 꼼꼼함이 오히려 독이 되는 순간이었다.

"라이트닝 볼트."

시야에서 잃어버린 아론의 빈틈을 노리기 위해, 나는 짧고

강한 충격파를 줄 수 있는 라이트닝 볼트를 선택했다.

감전 시간은 길지 않지만 순간적으로 줄 수 있는 고통은 상당하다.

빠지지직!

"크윽! 으으으윽!"

이런 상황을 보통 '뒤를 잡았다'고 말한다. 가장 약점이 많이 노출되는 부분이 드러났다는 것이다. 가장 위험한 상황이기도 하다.

전류에 감전되어 몸을 부르르 떨고 있는 아론을 향해, 나는 아낌없이 매직 미사일과 라이트닝 볼트를 계속해서 교차해가며 시전했다.

감전 효과가 사라질 즈음에 매직 미사일의 충격파가 뒤를 강하게 가격하고 이로 인해 무너진 몸의 무게 중심을 바로 잡는 과정에서 다시 라이트닝 볼트의 타격이 이뤄지면서 또다시 몸이 감전 상태로 빠지는 것이다.

당하는 입장에서는 정말 '엿 같은' 일인데, 뭘 해보고 싶어도 몸이 그때마다 감전 상태에 빠져 무력화되고 마는 것이다.

이것은 일종의 연계 공격이다. 각 클래스의 마법마다 이런 식으로 연계 공격을 이어갈 수 있는 일종의 '콤보'가 존재한다. 실력 있는 마법사들은 저마다 이렇게 체계화된 연계 공격법을 가지고 있다.

이를 위해서는 막힘없이 마법을 캐스팅하고 시전할 수 있어야 하고 마법으로 인해 예상되는 상대방의 움직임이나 피해를 예측할 수 있어야 한다.

각각 1클래스와 2클래스의 마법으로, 이 정도 수준에서는 내게 캐스팅이나 시전 자체는 문제될 것이 없다. 수를 셀 수 없을 만큼 시전해 본 마법이니만큼, 다루기 쉬운 마법인 것이다.

나는 계속해서 아론을 몰아 붙였다. 지켜보는 로이니아의 표정이 점점 일그러지고 있었지만, 그래도 지금은 승부를 봐야 한다.

물론 아론이 죽도록 공격할 생각은 없다. 하지만 적어도 본인이 패배를 승복할 수 있도록 완벽하게 눌러주는 일은 필요하다.

계속 이어진 전투에서 힘들게 만들어낸 승부처인 만큼, 나는 먹잇감을 찾은 맹수처럼 아론을 공략했다.

아론은 연이어 이어지는 마법 연계를 현명하게 벗어날 방법을 찾지 못했고, 기어코 충격을 견뎌내지 못하고 손에 쥐고 있던 검을 떨어뜨리고 말았다.

검사가 검을 놓아버렸다는 것은 마법사에게 마나가 사라졌다는 것과 같은 의미.

"내가… 내가 졌습니다!"

아론이 검지와 중지 두 개를 붙여 들어 올렸다. 개인과 개인의 전투에서 보이는 항복의 표시다.

그동안 용병단에서 승승장구해 왔던 아론이지만, 그 역시 이제 겨우 스물한 살. 현실로 따지면 이제 성인이 된 지 얼마 안 된 젊은 사람이었다.

아마 나와의 전투를 통해서 느꼈을 것이다. 단 한 번의 실수가 어떤 결과로 직결될 수 있는지를.

내가 만약 독한 마음을 먹었다면… 혹은 아론이 걱정했던 대로 다른 꿍꿍이가 있었다면 지금쯤 아론은 죽었을 것이고, 로이니아는 정체불명의 남자에게 끌려가 온갖 고초를 겪었을 터다. 자신이 그토록 지키고 싶었던 여동생이 더럽혀지는 모습을 죽은 귀신이 되어서 지켜봤어야 할 것이다.

아론은 손가락을 들어 올린 채, 한참을 고개 숙인 채로 무언가 자신에게 질책하듯 중얼거리고 있었다.

내가 했던 생각들을 그대로 하고 있는 것일지도 모른다.

물론 나는 아론의 저런 행동들을 이해한다. 그럴만한 이유가 있으니까.

아론은 분명 지금 같은 나이 대. 같은 나이의 용병들에 비하면 뛰어난 실력을 가진 청년이었다. 만약 내가 사전의 정보나 지식, 준비 없이 아론을 만났다면 고전했을 수도 있다. 하지만 내게는 남들에게 없는 수많은 경험이 있고 이를 토대로 아론을 무너뜨릴 수 있었다.

"일어나시죠. 방심할 수 없는 승부였습니다."

나는 무릎을 꿇은 채로 겨우 나를 올려다보고 있는 아론에게 손을 내밀었다.

"오라버니!"

그제야 지켜보던 로이니아가 황급히 달려와서는 아론을 부축했다.

아론은 이런 남자들의 승부에 익숙해진 군인이지만 로이니아는 아니다. 그녀는 달려오면서 이미 두 눈에 한가득 눈물을 담아오고 있었다.

"괜찮아, 괜찮아. 상처는 없어. 레논… 씨가 봐준 거다. 마지막에."

"아닙니다. 저 역시 끝까지 최선을 다 했습니다. 운이 좋았을지도 모르죠. 우선 일어나시죠."

"하아… 감사합니다."

내 손을 잡고 일어서며 아론이 한숨을 내쉬었다. 패배에 대한 아쉬움과 자신의 부족한 실력에 대한 질책이 함께 묻어나는 한숨이었다.

*　　　*　　　*

나는 먼저 아론에게 잠시 함께 걷자고 했다. 로이니아는 혹시나 무슨 일이 생길까 걱정하는 눈치였지만, 나는 그녀의 시선이 닿는 곳에서 아론과 조용히 이야기를 나누겠다는 말로 그녀를 안심시켰다.

그녀도 나와 아론의 승부가 어떻게 끝났는지 아는 만큼, 승리자인 나보다는 패배자인 오빠를 더욱 걱정하는 모습이었다.

"완벽하게 패배를 인정합니다. 이런 실력으로 용병단 생활이라니… 추천할 자격도 안 되는 것 같군요."

"자책할 이유는 없습니다. 아론 님은 충분히 잘 싸웠으니까요. 단지 제가 빈틈을 잘 포착한 것이고 마법사의 기본에 맞게 집요하게 공략한 것뿐입니다. 의도적으로 계속 거리를 벌린 것도 있죠."

나는 아론의 기를 살려주었다.

아론은 가능성이 무궁무진한 사람이다. 내가 굳이 기를 눌러놓을 필요도 없고 그래야 할 이유도 없다. 단지 동생 로이니아만 생각하면 냉정함을 잃고 마는 못난 팔불출 오빠의 성격이 가끔 문제가 될 뿐이다.

"아닙니다. 진 건 진 거죠. 완벽하게 진 겁니다. 굳이 위로할 필요는 없습니다. 저는 졌다고 해서 원한을 품거나 나중에 뒤통수치는 그런 비겁한 놈은 아닙니다. 그것보다… 죄송합니다. 로이니아가 혹시라도 잘못된 일을 당하지 않았나 싶은 걱정에 무례를 범하고 말았습니다. 이미 과거에도 그렇게 믿었던 사람에게 상처를 한 번 받은 아이라서… 모든 게 조심스럽습니다. 다시 같은 일을 반복하게 만들고 싶지 않았거든요."

"아론 님. 아까도 말씀드렸다시피 로이니아 씨에게 접근한 것은 정말 우연한 만남이었을 뿐입니다. 그저 순수한 로이니아 씨와 대화가 잘 맞다보니 함께 있었던 거구요. 다른 건 없습니다. 아론 님이 어떤 부분을 걱정하셨는지는 잘 알고 있습니다."

나는 아론이 내게 자연스럽게 그 이유를 해명할 수 있도록 운을 뗐다. 아론은 내 기준으로 볼 때는 아직 어리다. 그의 치기 어린 행동도 이해는 간다.

다만 이것만큼은 확실하게 짚어줄 생각이었다.

동생에 대한 사랑은 좋지만, 지나친 과잉 반응은 독이 될 수도 있다는 것을.

우선 두 번째 방법을 이용해 테노스 용병단으로 갈 수 있는 자격은 갖춰졌다.

하지만 아론과의 관계가 원만치 못하면, 추천의 의미도 퇴색될뿐더러, 이후 용병단 내외의 인맥과 접촉하는 데 있어서도 신경 쓸 것들이 많아진다.

아론이 내게 조금이나마 가질 수 있는 의심을 지우고 또 내가 아론을 신뢰하고 있다는 모습을 보여주어야 서로가 마음 편하게 전투에서의 좋은 기억만 가지고 다음을 준비할 수 있는 것이다.

그 전에 나와 아론 사이에 존재하는 신분의 차이에 대한 것도 짚고 넘어가야겠지만, 아마 신분이 문제가 되지는 않을 것이다. 아론은 그런 제도적인 것에 구애받는 사람은 아니다.

*   *   *

아론은 이야기를 하면서 내게 몇 번이고 사과를 하고 또 감사했다. 대화를 하는 내내 내가 자신을 죽일 수도 있었다는 것을 여실히 깨닫고 있는 듯했다.

한편으론 자신보다 뛰어난 실력을 가진 마법사가 자신이 속해 있는 용병단으로 갈 예정이라 하니, 동료가 될 수도 있겠다는 생각에 기대하는 눈치였다.

아론은 나와의 전투에서 패배한 것을 두고 분해하지는 않았다. 오히려 나에게 기회가 되면 몇 번이고 실력을 겨뤄볼 기회를 달라고 부탁하기도 했다. 자신의 부족한 점을 보완하고 싶다는 것이었다. 얼마든지 환영이다.

몇 번 정도 나에 대한 사과가 오고 가고 나 역시 마음에 두지 않는다는 말로 아론을 안심시키자. 아론이 조심스럽게 이야기를 꺼냈다. 자신이 동생 로이니아를 보호하기 위해 필요 이상으로 과잉 반응을 할 수밖에 없었던 상황에 대한 이야기였다.

나는 그에 앞서 아론에게 나의 신분을 밝혔다. 평민 출신의 마법사임을.

그 이야기를 꺼내는 순간, 나는 아론이 어떤 형태로든 반응을 할 것이라 생각했다. 과거에도 몇 번이고 놀란 모습을 보였던 아론이었기 때문이다.

하지만 반응은 로이니아 때처럼 예상과는 달랐다. 물론 과거에도 내 신분에는 연연하지 않는 모습을 보였지만 이번에는 더욱 그랬다.

아론은 상관없다는 반응이었다. 용병단의 동료 중에는 평민 출신의 용병도 꽤 되고 자신도 몰락한 귀족가의 사람이니 신분은 의미가 없다는 반응이었다.

나는 아론에게 귀족과 평민이라는 신분의 차이가 있는 만큼, 내게는 말을 놓으라고 했다.

아무리 신분에 연연치 않는다고 하더라도 그 사이에 존재하는 차이와 예절에 대한 질서는 확실하게 있어야 한다. 그것이 내게도 편하고 좋은 일이다.

엄연히 다른 두 신분의 사내가 말을 놓고 호형호제하며 지내는 것은 그리 좋은 광경이 아니다. 적어도 대다수의 사람들에게는 말이다.

"아버님의 잘못으로 시작된 일은 맞지만, 이 일에 연루된 사람은 아버지 하나가 아니었지. 아버지는 그 일부에 불과했어. 머리는 따로 있는 거지. 하지만 그 사람들은 아버지를 버렸어. 아버지에게 모든 죄를 뒤집어 씌웠지. 그리고 마침 친구와 함께 있던 로이니아를 볼모로 삼아, 만약 죄를 뒤집어쓸 생각이 없다면… 네 딸을 볼 수 없을 거라는 그런 협박도 했지. 어차피 아버님은 빼도 박도 못할 상황이었지만, 이걸로 완벽하게 쐐기를 박은 거야."

"이 사실을 로이니아 님은 알지 못하겠군요."

"그래. 아버님을 버린 귀족들은 로이니아가 정말 좋은 분들이라 믿었고 또 존경했던 사람들이었어. 지금은 아니지만. 그리고 자신의 둘도 없는 친구라고 믿었던 아이들도 등을 돌렸지. 그때 로이니아를 볼모로 잡기 위해서 머리를 쓴 녀석은 그 귀족이 아니라 로이니아의 친구인 딸이었어. 나중에 안 사실이지만, 순진한 로이니아를 처음부터 꾀어낼 생각이었던 거야. 아버님이 죄를 뒤집어쓰지 않는다면 언제든 볼모로 삼아 가두거나 죽일 생각으로 말이야."

그 귀족이 누군지는 얼추 알고 있다. 하지만 내게 중요한 사람은 아니다. 앞으로의 일에 방해 될 사람들도 아니다.

"그 뒤로 어느 누구도 믿을 수 없다고 생각했겠군요."

"로이니아는 몰라. 자기가 믿었던 친구들과 사람들이 아버님을 배신했다는 것을. 그저 아버님이 모든 잘못을 저질렀고 그 사람들에게 피해를 줬다고 생각을 해. 그래서 그 뒤로 뚝 끊겨 버린 연락을 오히려 서운해하고 한편으론 미안해하지. 하지만 나는 알고 있잖아, 그 뒤에 숨겨진 흑막들을. 그래서 레온, 널 보자마자 눈이 돌아갈 수밖에 없었어. 네가 그 귀족들이 보낸 사람들일 수도 있으니까."

"그 마음은 충분히 이해합니다. 저 역시 어렴풋이나마 알고 있었던 사실입니다. 하지만 한 가지 충고를 꼭 해드리고 싶은데, 괜찮으시겠습니까?"

나는 꼭 한 가지를 짚고 넘어가주기로 했다. 여동생을 끔찍이 아끼는 아론의 마음은 이해가 가지만, 이런 식의 앞뒤 안 가리는 행동이 반복되면 언젠가 아론에게는 큰 불행이 될 것이다. 로이니아에게는 두말할 나위도 없다.

"얼마든지."

아론이 고개를 끄덕였다.

"로이니아 님을 정말 아끼신다면, 다른 것보다 로이니아 님에 대한 일들은 냉정하게 판단하셨으면 합니다. 감히 드리는 말씀이지만, 아론 님과 로이니아 님을 위험에 빠지게 할 수도 있는 것이니까요."

나는 자칫 고깝게 들릴 수도 있는 직언을 아론에게 가감 없이 전해 주었다. 내 눈 앞에 있는 사람이 아론이 아닌 다른 사람이었다면 이런 말을 하길 주저했겠지만, 아론이었기에 할 수 있는 말이었다.

"그 점은 내가 꼭 명심하지. 다시 생각해도 나의 치기 어린 행동이었어. 사과하지."

"사과를 받으려고 드린 말은 아닙니다."

"알고 있어. 고마워, 레논."

대화는 훈훈한 분위기 속에 잘 마무리가 됐다.

아론은 이틀 뒤에 테노스 용병단으로 돌아갈 예정이라고 했다. 그때, 자신과 함께 용병단으로 가자는 제안도 먼저 해왔다. 나로서는 바라던 바였고 흔쾌히 수락했다.

아론은 확신했을 것이다. 자신과의 전투에서 전혀 밀리지 않고 영리하게 전세를 풀어나가 기어코 자신의 무릎을 꿇게 만든 내 실력이 평범하지는 않다는 것을.

용병단에 자신의 이름을 걸고 추천하더라도, 득이 되었으면 되었지 실이 되지는 않을 거라는 것을 말이다.

4장

기억에 없는 사람

얼마 뒤.

나는 소렌 남작가의 저택에 들어와 있었다.

이틀 뒤에 출발하기 전까지 자신의 집에서 머물다가 함께 출발하자는 아론의 제안 덕분이었다.

아직 소렌 남작이 돌아오려면 며칠의 시간은 더 있어야 하고 적어도 그 전까지 이 집에는 아론과 로이니아, 그리고 나와 하인들이 전부였다.

저택에 돌아오자마자 아론은 로이니아를 좀 더 옆에서 챙겨주고 보조해 줄 하인들을 구하기 위해 집사와 집을 나섰다.

나는 로이니아와 그녀의 옆에서 시중을 드는 하녀 한 명과 함께 집에 남았다.

그리고 응접실(應接室)에서 고풍스럽지는 않더라도, 충분히 여유로운 티타임을 로이니아와 함께 즐기고 있었다.

"많이 누추하죠? 집이 작아요."

로이니아가 부끄러운 듯한 표정으로 주변을 살폈다. 자신이 살기에는 문제가 없지만, 손님을 들이기에는 부끄러운 규모의 집이라 생각했기 때문이리라.

하지만 소렌 남작가의 형편으로는 이 정도의 집도 충분했다. 그녀의 괜한 걱정일 뿐이다.

"아닙니다. 전혀 그런 생각은 한 적이 없는 걸요. 그리고 이제는 말을 편하게 하셔도 됩니다. 말씀드렸다시피 말이죠."

"근데 그게 익숙하지가 않아서 말이에요. 레논 씨라고 부르는 게 편하고 존대를 하던 게 편한데."

"신분의 차이는 어쩔 수 없는 것이니까요. 이렇게 집으로 저를 초대해 주신 것만 해도 정말 감사드릴 따름입니다. 제게 과분한 배려를 해주시는 거죠."

"그럼… 그럼, 놓을게. 레논이 불편하다면."

"제가 불편한 게 아니라, 그렇게 하시는 게 맞는 겁니다. 편하게 말씀하시면 됩니다."

나는 자연스럽게 로이니아와의 대화도 정리했다.

마음 같아서는 서로 편하게 말을 놓던가, 아니면 원래 그랬던 것처럼 서로에게 존대를 해주던가 하고 싶지만. 이것은 득보다는 실이 많다.

신분의 차이. 이에 대한 시선은 제국 어디에든 존재한다. 백마법 신봉과 더불어 신분제를 공고히 하고 귀족으로 편입되는 과정도 까다롭게 관리하고 있는 스페디스 제국이다.

만약 공인들이 보는 앞에서 아론이나 로이니아가 평민인 내게 존대를 하거나, 내가 두 사람에게 말을 놓고 있는 모습이 보여진다면?

나는 말할 것도 없고 두 사람도 신분의 기강을 문란하게 만들었다는 이유로 처벌받을 것이다.

그나마 용병단이 이런 신분제의 시선에서 자유롭고 오래전부터 그런 분위기가 형성되어 왔기 때문에 소속된 용병들이 신분의 차이에 크게 구애받지 않는 것뿐이다.

주류로 대표되는 제도권으로만 시선을 돌려도, 신분의 차이는 하늘과 땅의 차이만큼이나 엄청난 간극으로 작용한다. 평민 출신은 제국 내의 그 어떤 관직이나 중책을 맡을 수 없다.

예외적으로도 불가능하다. 그 평민이 귀족이 되어야만 비로소 자격이 주어지는 셈이다.

"알았어. 이럼 됐지, 레논? 말 편하게 한 거다?"

"좋습니다. 아주 좋네요."

로이니아가 양쪽 허리춤에 손을 얹으며 말을 놓았다. 왜 그런 동작을 했는지는 모르겠지만, '이제 됐냐?'는 식의 로이니아의 표현이 귀엽게 느껴졌다.

그녀가 내게 말을 놓고 내가 그녀에게 존대를 하는 순간. 어쩔 수 없는 그녀와 나의 거리가 느껴진다.

서로가 가지고 있는 감정과는 다른 신분의 차이가 만들어 낸 거리가.

지금 당장 로이니아와 사랑을 나눈다거나, 연애를 하고 싶은 생각은 없었다.

단, 이제 로이니아와 아론을 이렇게 알게 되었으니, 그녀에 대한 생각은 항상 하고 있을 계획이었다.

소렌 남작이 돌아오면 정략결혼을 추진하려 할 것이다. 하지만 과거와 달리 이제는 로이니아도 자신 있게 자신의 의사를 소렌 남작에게 피력할 것이고 아론 역시 그런 여동생의 의견에 힘을 잔뜩 실어줄 것이다.

불행하게 마무리되었던 과거와는 다른 그림이 그려질 것이고 나는 그 그림이 그려질 무렵에 두 사람에게 힘을 실어줄 생각이었다.

로이니아가 정략결혼의 희생양이 되지 않도록 하는 것, 그 정도면 충분하다.

"정말 대단했어, 레논. 그리고 고마워. 오라버니를 배려해준 거잖아?"

"마음 쓰지 않아도 됩니다. 이미 잊어버렸는걸요."

"그럼 레논은 정말 오라버니를 따라서 용병단으로 가는 거야?"

"오래전부터 계획했던 일이니까요. 이제 가서 꿈을 펼쳐봐야죠."

"그럼 오라버니의 동료가 되는 거네?"

"용병단장님이 받아주신다면, 그렇게 될 겁니다."

"…그럼 오라버니를 보러 가면, 레논도 볼 수 있는 거고?"

"그럴 겁니다."

은근한 관심이 느껴진다.

주객이 전도된 느낌. 아론을 보러 갔는데 어쩌다 보니 날보게 된다는 것이 아니라, 나를 보러 가면서 겸사겸사 오빠인 아론을 보겠다는 뉘앙스다.

"기회가 되면 꼭 가볼게. 아버님이 허락하실지는 모르겠지만……"

로이니아가 말끝을 흐렸다. 소렌 남작만 생각하면 가슴 한편이 꽉 막히는 느낌이 들 것이다. 지금까지 자신을 단 한 번도 아끼고 배려해 준 적이 없는 아버지니까.

"머지않은 시간에 휴식기가 생기거나, 짬이 날 때면 찾아오겠습니다. 같이 언덕길을 걸으면서 머리도 식히고 밀린 친구의 고민 이야기도 나누면 더욱 좋을 겁니다. 그리고 이틀의 시간이 있잖아요. 머물고 있는 동안은 언제든 편안하게 이야기하세요."

"응, 알았어. 고마워, 레논."

"아론 님이나 로이니아 님이나, 정말 고맙다는 표현을 자주 쓰시는군요."

"응, 오라버니와 내 오래된 습관이거든."

첫 만남에서는 나에 대해 새침하고 도도하게 느껴졌던 로이니아의 장벽이 많이 무너진 느낌이 된다. 점점 말수도 많아지고 감정의 표현도 열리고 있다. 긍정적인 변화다.

이틀의 시간 동안.

나는 아론과 로이니아와 많은 대화를 하며, 충분히 서로에 대해 알아갈 수 있는 시간을 가졌다.

아론은 내게 용병단에서의 삶을, 로이니아는 패션과 화장품 같은 여자들이 관심을 가질 법한 것들을 두고 이야기를 나눴다. 가정사에 대한 고민이나 무거운 주제는 대화에 포함되지 않았다.

나는 두 사람이 잘 알지 못하는 평민들의 삶에 대한 많은 것을 들려주었다. 아주 시시콜콜한 것들까지도.

다만 두 사람은 내게 어떻게 마법사가 되었는지, 그 방법이 무엇인지는 묻지 않았다.

서로에게 상처가 될 법하거나, 불편한 질문이 될 수 있는 것들을 배제한 즐거운 대화였다.

시간은 그렇게 이틀이 흘렀고 나와 아론은 출발할 준비를 마쳤다.

그러는 사이 로이니아의 곁을 지켜줄 몇몇 하녀가 더 생겼고 로이니아는 괜찮다고 하면서도 한편으로는 비슷한 또래의 하녀가 생겼다는 것에 반가워하는 눈치였다. 적어도 말동무가 되어줄 사람들이 늘어난 것이니까.

나와 아론은 테노스 용병단으로 출발했다.

용병단과 소렌 남작가의 거리는 그리 멀지 않다. 용병단에 의뢰가 잠시 끊기거나, 혹은 공식적으로 쉬어가는 휴식기가 주어지면 언제든 만나기 위해 찾아올 수 있는 거리다.

로이니아는 용병단으로 떠나는 오빠 아론과 나의 뒷모습을 지평선 너머로 사라질 때까지 지켜보고 있었다.

아쉬움이 가득한 눈빛.

하지만 그 속에서 나는 과거의 비관적인 감정들이 많이 걷어지고 긍정적인 감정들로 채워진 그녀의 눈빛 역시 읽을 수 있었다.

머지않은 시간에 그녀를 다시 만날 일이 있을 것이다. 그리고 도울 일도 있을 것이다. 그때까지 그녀는 내가 전해주고 가득 실어준 긍정적인 기운들을 잘 간직한 채 살아가고 있을 것이다. 그녀는 현명한 여자니까.

＊　　　　＊　　　　＊

소렌 남작가에서 테노스 용병단이 있는 알카디안 영지로 가려면 걸어서 하루 정도가 걸린다.

가는 길 자체는 잘 닦여 있어서 문제될 것이 없지만, 중간에 산을 하나 넘어야 된다는 것이 문제다.

그래서 보통 그날 저녁에 넘어야 하는 산 초입에 있는 여관에서 머물고 다음 날 동이 트면 산을 넘어가는 식으로 동선을 잡는다.

야행(夜行)도 나쁘지는 않지만, 굳이 서둘러 이동할 필요가 없는 만큼 나와 아론은 알카디안 영지의 경계에 있는 아스마스 산에서 첫날의 여정을 멈췄다.

메디우스를 만났던 블레도스 산처럼, 아스마스 산 초입에도 여관들이 즐비하게 늘어서 있었다.

나와 아론은 아무 곳이나 하나를 골라 짐을 풀었다.

내 주머니 사정을 생각하면 고급스러운 곳에서 쉬어도 상관없었지만, 아론은 집안일을 제외한 다른 부분에 필요 이상으로 돈을 쓰는 것을 원치 않았다.

그는 매우 검소했고 항상 가족을 생각하는 사람이었다. 아버지 소렌 남작만 빼고.

이번에 로이니아에게 새로이 하녀들을 붙여줄 때도, 하녀들이 로이니아를 보조하고 챙겨주는 데 전념할 수 있도록 필요한 옷들과 생활 용품들을 넉넉하게 사주었다.

집사에게도 로이니아와 집사를 포함해 하녀들이 배를 곯는 일이 전혀 없도록 필요할 때, 얼마든지 집행할 수 있는 예비비도 충분하게 주고 갔을 정도였다.

그래서 아론의 수중에는 집에서 테노스 용병단으로 돌아갈 때 필요한 경비 말고는 아무것도 없었다.

"아론 님. 이런 음식, 괜찮으십니까?"

"매일 먹는 음식인데 익숙하지. 걱정 마. 편식 같은 건 없거든. 주는 대로 먹는 게 가장 편해. 고기반찬만 찾고 그런 거, 저기 높으신 도련님들이 할 짓 없어서 피우는 꼬장 같은 거거든."

아론은 여관에서 저녁으로 제공한 토르티야와 꿀, 약간의 야채들을 주저 없이 입에 넣고 있었다.

포크를 쓰기는 했지만, 고풍스럽게 한 입 한 입 찍어 먹는 그런 모습은 아니었다.

토르티야는 밀가루, 버터, 소금과 우유를 이용해 반죽을 만들고 노릇노릇하게 구워 만든 일종의 밀가루 부침 비슷한 것이었다.

사실 맛이라고 할 것이 꿀밖에 없어서, 토르티야는 꿀에 찍어먹는 그 맛으로 먹는 것이다. 값싸게 많이 먹을 수는 있지만 결코 밥처럼 자주 챙겨먹기 좋은 음식은 아니었다.

하지만 아론은 씹는 소리까지 맛깔나게 내가며 토르티야를 계속 입에 넣었다. 나도 달리 먹는 것에 대한 편견은 없어 맛있게 토르티야를 먹었다.

지금껏 수많은 삶을 살면서 내가 안 먹어본 것은 없다. 심지어는 인육을 먹었던 적도 있었다.

결코 좋은 기억은 아니지만.

이젠 튀긴 귀뚜라미나 엄지손가락보다도 더 길고 굵은 애벌레 같은 것은 이젠 혐오스러운 음식 축에도 끼지 못할 정도다.

그래서 나나 아론이나 맛있게 토르티야를 계속 먹으며 하루 종일 이동하며 텅 비어버린 뱃속을 채우고 있었다.

"이야, 알렉세이! 너 이번에 제대로 허리 좀 돌렸다며. 어떠냐, 키아그라 효과 있냐?"

"야이… 형이 몇 번을 말했냐? 1시간은 무적이야, 내가 침대 위의 황제라고. 죽고 싶어도 죽지를 않아. 불멸의 존재가 되는 게지, 크하하하핫!"

"허… 그럼 나도 이제 만년 3분 생활에서 탈출하는 건가?"

"글쎄다, 너는 신도 구제해 주지 못할 토끼 아니었냐? 근데 토키 백작, 그분 정말 말이 많았지 않냐. 이번에 키아그라 먹은 이후로 매일 수십 번도 넘게 불태운다던데. 노인네가 뒤늦게 밤일의 재미를 느꼈으니… 저러다가 쓰러지는 거 아니야?"

"으하하하하핫!"

조용히 식사를 하고 있는 나와 아론과는 달리, 홀에 있는 다른 손님들은 별도로 주문한 고기 안주에 술을 곁들여 마시며 산속에서의 저녁을 즐기고 있었다.

아론은 옆에서 들려오는 그들의 대화를 들으며, 피식피식 웃음을 흘렸다.

여기서 내 고향인 키리아트 마을이 있는 로디스 영지까지는 닷새 정도의 거리가 있다. 직선거리만 놓고 보면 짧지만, 중간에 산이 세 개나 있어 이를 넘는 것이 고역인 길이다.

우회해서 가기에는 돌아가는 길이 너무 멀기 때문에 산을 넘는 것이 최단 거리였다.

영지와 그리 멀지 않다 보니 자연스럽게 이런 키아그라에 대한 소문과 이야기도 들을 수 있었다. 나는 내색하지 않았지만, 키아그라 열풍에 대한 소식을 평범한 사람들에게 들을 수 있다는 사실이 즐거웠다.

그만큼 카터가 백방으로 힘을 쓰며 열심히 일에 전념하고 있다는 증거일 것이다.

"레논."

"네, 아론 님."

"그러고 보니 내가 이걸 물어보지 않았어. 그때 있었던 전투, 내게 어떤 문제점을 느꼈었는지 듣고 싶은데."

"약점 말입니까?"

"그렇지."

아론이 고개를 끄덕였다.

누군가에게 자신의 약점을 묻는다는 것, 그것은 결코 쉬운 일이 아니다.

오픈 마인드를 가지고 있다고는 해도, 결국 아론도 자신의 실력과 경력에 자부심을 가지고 있는 사람이었다. 그것은 어떤 용병이든 마찬가지다.

그래서 칭찬이나 격려를 듣는 것은 마다하지 않지만, 충고나 조언 혹은 약점에 대한 지적을 듣는 것은 개인마다 받아들이는 차이가 있다.

대다수의 용병들이 이를 고깝게 듣는 경우가 많다. 자기 자신에 대한 자부심의 잘못된 반응인 셈이다.

하지만 아론은 그런 것이 없었다.

끊임없이 자신의 빈틈을 채워 넣고 장점을 더욱 발전시키기를 원했다. 그 점이 내가 아론에게서 느끼고 있는 매력이다.

검사로서 앞으로 가능성이 무궁무진한 청년이고 날이 갈수록 성장하게 될 터다.

"수싸움이 약합니다."

나는 돌려 말하지 않고 바로 필요한 말을 던졌다. 그러자 아론이 음! 하고 침음성을 토해내고는 이내 고개를 끄덕였다. 이미 나와의 수싸움에서 완벽하게 진 경험이 있기 때문이다.

실제 전장이었다면 바로 숨통이 끊어졌을 최악의 상황이었다.

"레논은 예측한 거지? 앞서 보여준 패턴에 내가 반응할 것이라는 사실을."

"그렇습니다."

야구에서도 잔상을 이용한 수싸움이라는 것이 있다.

이를테면 투 스트라이크 노 볼인 상태에서 포수가 의도적으로 높은 공을 요구하거나, 아예 바깥쪽으로 빠지는 공을 요구할 때다. 야구를 본 사람이라면 한 번쯤은 꼭 봤을 광경이다.

이때, 타자의 머릿속에는 눈높이라고 날아오거나 멀찍이 빠진 공에 대한 잔상이 남게 된다.

그 순간, 다음 공이 몸 쪽으로 붙어서 들어오거나, 낮게 떨어지게 되면 상대적인 거리감을 느끼고 볼이라고 판단하게 된다.

혹은 히팅 포인트를 놓치거나.

잔상이 만들어낸 효과로 인해 타자가 투수와의 수싸움에서 말리게 되는 것이다.

나는 아론의 뒤를 잡기 위해 앞서서 뻔한 몇 가지 패턴을 보여주었다.

그리고 중요한 시점에는 그 패턴을 비틀어 변칙을 구사했고 아론은 완벽하게 걸려든 것이다.

"내가 어떻게 했으면 더 좋았을까?"

"안전장치가 있습니다. 제가 뒤로 가든 그렇지 않든 손을 쓰기 좋은 방법이 있죠."

"어떻게?"

"그냥 정면으로 돌진했으면 됩니다. 뒤로 돌아갔다면 거리가 벌어졌으니 다음 마법 공격을 대비할 수 있었을 것이고 제가 정면으로 그대로 돌진해 왔다면 오히려 공격하기에는 좋은 조건이었을 겁니다. 하지만 예측 공격을 했고 예측이 180도로 빗나가는 바람에 위험에 빠지게 된 겁니다."

"굳이 수싸움을 하려고 했던 그 자체가 약점이었다?"

"정확하게 보셨습니다."

나의 예리한 지적에 아론은 변명을 하려는 기색도 없이 연신 계속 고개를 끄덕였다.

내게 내색은 하지 않고 있지만, 당시의 상황을 계속해서 곱씹으며 자책하고 있는 아론의 심경이 눈빛에서 절절히 느껴진다.

"맞아, 너는 내게 계속 거리를 주지 않았어. 그런데 유일하게 내게 공격적으로 달려들었을 때가 바로 뒤로 돌아가는 패턴을 보여줄 때였지. 이게 미끼라는 것을 알았어야 했는데."

"저 역시도 승부수였습니다. 만약 아론 님이 속지 않으셨다면, 지금쯤 어떻게 되었을지……."

"만약은 없어. 진 건 진 거야. 그래서 레논 네가 더 대단하고 더 존경스러운 거고. 테노스 단장님도 좋아하실 거다. 내가 장담하지."

아론이 단언하듯 말했다.

테노스. 대다수의 용병단장들이 주로 검을 즐겨 쓰는 검사인 것과 달리, 테노스는 특이하게 창을 즐겨 썼다. 특이한 것은 창뿐만이 아니었다.

그녀의 연인인 카트리나가 그런 스타일을 좋아했는지, 그는 장발의 머리를 올백 스타일로 넘긴 뒤, 꽁지머리를 묶은 형태의 독특한 헤어스타일을 했다.

현대에서 유사한 헤어스타일을 한 사람을 떠올리자면, 축구선수 즐라탄 이브라히모비치를 떠올리면 똑같다고 할 수 있을 정도다.

그 모습을 떠올리니 괜스레 웃음이 난다. 나름 패션에 신경을 쓴다고 늘 옷을 챙겨 입는 사람이었는데, 그 자체가 패션 테러리스트에 가까웠다.

오죽했으면 사람들이 우스갯소리로 '테노스에게 신은 기가 막힌 창술을 주었지만, 기가 막힌 스타일도 함께 가져다주었다'고 했을까.

"아론 님."

"응?"

"지금 테노스 용병단의 구성원이 어떻게 됩니까?"

나는 기억을 되새길 겸, 아론에게 구성원의 이름을 다시금 들어보기로 했다. 내가 기억하고 있는 이름은 총 일곱이다. 아론과 테노스를 포함해서다.

물론 용병단이 일곱 명밖에 되지 않을 정도로 규모가 작지는 않다.

내 계산에서 B급 이하의 용병, 그러니까 생활 용병들은 빠져 있다.

이들도 용병단의 구성원이고 동료이긴 하지만 맡는 의뢰가 다르다.

구급대원과 경찰관이 혼합된 형태의 직업이라고 생각하면 된다. B급 이하의 용병은 주로 구조, 재난 활동 및 치안 유지를 담당하는데, 굵직한 전쟁이나 전투에 투입될 전력은 아니었다.

"A급 이상의 자격을 가지고 있는 구성원들을 묻는 거지?"

"예, 그렇습니다."

아론도 내가 어떤 구성원들을 알고 싶어 하는지 바로 알아차린 눈치였다.

"총 여덟 명."

"예? 일곱이 아닙니까?"

그 순간, 나도 모르게 바로 질문이 터져 나왔다. 전혀 생각지도 않았던 답이 나왔기 때문이다.

그저 기억과의 조각을 맞춰볼 생각으로 물은 것이 전혀 다른 답으로 돌아온 것이다.

"응, 여덟 명이야. 이틀 전에 새로운 동료가 한 명 들어왔거든."

"새로운 동료라면… 누굽니까?"

"왜? 무슨 안 좋은 소문이라도 있는 거야?"

아론은 나의 반응에 살짝 당황한 눈치였다. 나 역시 기억에는 없는 사람이 나타난 상황이라, 이상하다는 생각이 들면서도 한편으론 호기심이 일었다.

"아닙니다. 워낙에 명성이 있는 분들이니까요. 다만 제가 들은 이름은 일곱 명이었는데, 새로 오신 동료는 어떤 분인가요?"

"크리스티나. 이스티 대륙에서 왔다고 들었어."

"이스티 대륙에서 왔다면… 이방인이군요."

"그렇지."

이스티 대륙.

쉽게 말하자면 지금 내가 살고 있는 대륙, 아르카디아 대륙이 서양이라면 동양이라 할 수 있는 대륙이다.

과거에는 전혀 찾아볼 수 없는 이방인이었지만, 수십 년 전부터 바닷길이 뚫리면서 이스티 대륙의 사람들이 종종 아르카디아 대륙으로 넘어오는 일이 있었다. 이미 현지에 적응한 사람들도 꽤 됐다.

문제는 이 이방인이라는 '크리스티나'가 내게는 전혀 기억에 없는 사람이라는 것이다.

단 한 번이라도 들어본 이름이거나 만난 사람이라면 내가 기억하지 못할 리가 없다. 뒤늦게라도 누구였는지는 떠올릴 수 있다.

하지만 다른 기억도 아니고 내가 처음으로 들어간 용병단의 동료, 그것도 몇 번이나 만났던 동료들 중 기억에 없는 사람이 존재할 리는 없었다.

변수의 등장이었다.

전혀 생각지도 않은 사람 하나가 나타난 것이다.

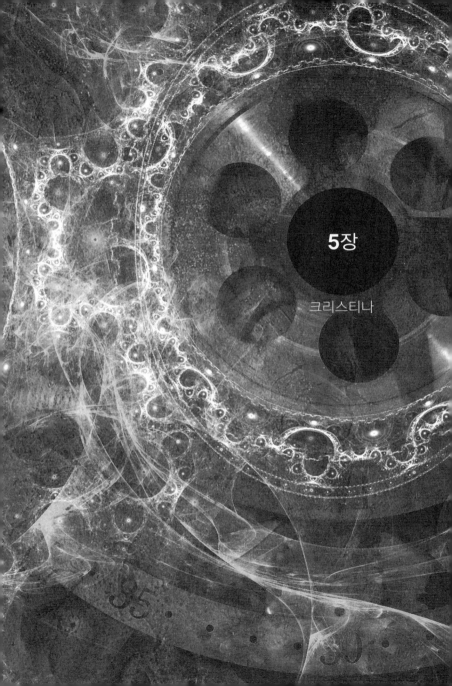

5장

크리스티나

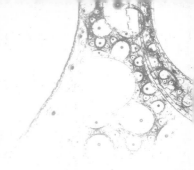

다음 날 아침.

나와 아론은 예정대로 아스마스 산을 넘었다.

기억에 없는 여자, 크리스티나.

아론도 크리스티나에 대해서 자세하게 알지는 못한다고 했다. 그럴 수밖에 없는 것이 크리스티나가 입단하던 날, 소렌 남작가로 잠시 돌아왔었기 때문이다.

크리스티나는 테노스가 직접 데려온 사람이라고 했다. 계열은 어쌔신. 여자라는 성별과 매칭이 잘되지 않는 직업군이지만, 실력은 확실하다고 했다. 단장이 데려온 만큼 아론은

그녀의 실력을 의심하지 않는 눈치였다.

크리스티나.

아무리 생각해도 기억에는 없는 이름이다. 내가 크리스티나의 등장을 신경 쓰는 가장 큰 이유는, 보통 이렇게 변수가 발생한 시점부터 내가 경험한 것과는 다른 방향으로 미래가 흘러가기 시작하기 때문이다.

물론 모든 것이 완벽하게 뒤바뀌지는 않는다. 즉, 크리스티나가 등장했다고 해서 내가 기억하는 국가나 종족 간의 전쟁, 천재지변 등 굵직한 일들이 바뀌지는 않을 것이다. 하지만 곁가지의 한 부분이 달라지면서, 그것이 나비효과처럼 점점 퍼져 나가게 된다.

원래 내가 생각했던 대로 진행이 됐다면, 용병단의 구성원은 총 일곱 명이었을 것이고 내가 합류하게 됨으로써 여덟 명이 되었을 것이다.

이 무렵에 테노스 용병단에는 사흘의 휴식기가 끝나면서 다양한 의뢰들이 들어오게 되는데, 신참이 선택하는 의뢰를 맡아보자고 테노스가 결정을 내리게 된다.

나는 자연스럽게 남쪽에 위치한 마도국 자르가드와의 접경지대로 가자고 요청하게 된다. 가장 제국으로부터 전공을 인정받기 좋고 다양한 적들을 상대할 수 있어 나를 포함한 용병단원들이 경험을 쌓기에 더할 나위 없이 좋기 때문이다.

하지만 이대로면 선택의 방향이 바뀌게 될지도 모른다. 예측이 되지 않는 것이다.

변수가 생기면 생기는 대로 적용하면 될 문제이기는 하지만, 그 방향이 좋지 못한 방향일 수도 있으니 신경이 쓰이는 것이다.

"레논, 레논은 어떻게 마법사가 된 거지? 아, 물론 미리 말해두지만 신분에 대한 편견 같은 건 없어. 하지만 평민 출신의 마법사라는 건 정말 흔치 않은 일이잖아. 난 처음에 잠깐이나마 그런 생각도 했었어. 레논이 귀족이지만 일부러 신분과 가문을 숨기기 위해 거짓말을 한 게 아닐까 하고."

아론이 내게 말을 걸며 내 왼손가락에 끼워져 있는 아이거의 다크 링을 살짝 쳐다보고는 시선을 돌렸다. 반지를 딱히 이상하게 보지는 않는 눈치다.

사실 아티팩트라고 하면 반짝이는 특이한 형태에 누가 봐도 고귀한 아티팩트처럼 느껴지게 하는 외관이나 장식이 되어 있게 마련이지만, 아이거의 다크 링은 무광택의 은색 반지였다.

시끌벅적한 장터에서 몇 쿠퍼도 안 되는 돈을 주고 쉽게 살 수 있을 법한 그런 외형이다.

아이거와의 계약이 끝났으니 이 반지를 다른 누가 만지더라도 아이거와 교감을 나눌 수 없다. 아이거는 내가 허락하지 않으면 사념조차도 다른 이들에게 전할 수 없다. 그에게 유일한 소통의 창구는 나인 셈이다.

"그런 건 아닙니다. 그저 어렸을 적, 운 좋게도 기인을 만나 마법을 배울 수 있게 된 계기가 있었을 뿐입니다. 정말 저는 행운아인거죠."

"기인을 만났다? 그렇다면 그분이 누군지는 모르는 거야?"

"아쉽게도 알지 못합니다. 다만 이렇게 마법이라는 유산이 남았죠."

"와……."

아론이 부러움이 담긴 탄성을 터뜨렸다.

이런 일은 종종 있는 일이기 때문에 아론은 나의 이야기를 허무맹랑한 이야기처럼 듣지는 않았다. 대륙은 넓고 메디우스처럼 평범하지 않은 행보를 걷는 위인들은 많았다.

그중에는 내가 말한 것처럼 전혀 자신과 아무런 연고도 없는 사람에게 능력을 나눠주거나, 제자로 키워 뛰어난 실력을 갖게 하는 사람도 있었다. 충분히 일어날 수 있는 일이었다.

"그저 제가 가진 이 힘에 누가 되지 않도록 항상 최선을 다하려고 노력합니다. 다른 건 없습니다."

"마법 수식 공부가 쉽지는 않았을 텐데."

"다행히도 열심히 노력하고 또 노력하니 불가능한 건 없더군요."

마법 수식에 대한 이야기만 하면 내가 마법을 처음 배우기 시작했던 네 번째 삶이 떠오른다. 정말 그때는 마법 수식 공부가 지옥이었다.

나이 삼십 줄이 되어서야 마법사가 되길 꿈꾸는 평민들에게 열렸던 특별 아카데미에 들어간 나는 거기서 수년간 마법 수식만 공부하며 보냈다. 결과는 낙제. 마법은 손도 대지 못했다.

이 세계로 오기 전, 현실의 나는 그렇게 머리가 좋은 편은 아니었다. 물론 지금은 아니지만. 그런 나에게 마법 수식 공부는 그야말로 무에서 유를 창조하는 정도로 어려운 일이었고 꽤나 고생을 했다.

그나마 마법사도 되지 못했고 그 삶에서 내가 이룬 것은 아무것도 없었다. 공부만 하다가 죽은 것이다.

하지만 삶이 반복되고 경험이 쌓이고 지식이 겹겹이 쌓이면서 이제 마법 수식은 내게는 숨을 쉬는 것만큼이나 쉬운 분야가 되어 있었다. 굳이 이해하고 풀이하려 하지 않아도, 마법 수식은 알아서 머릿속에서 자연스럽게 계산됐다.

내가 아론을 상대할 때 마법 연계를 쉽게 이어갈 수 있었던 것도, 수식에 대한 이해를 바탕으로 캐스팅 시간을 최소화했기 때문이다.

이것은 지금 내로라하는 용병단이나 군에 소속된 전투 마법사들도 하기 힘든 일이다. 다른 것은 몰라도 나는 내 실력에 대해서 만큼은 늘 자신감을 가지고 있었다.

*   *   *

아스마스 산을 넘어가 마을 두 개를 지나고 나니, 바로 테노스 용병단에 자리를 잡고 있는 밀란 영지가 나왔다.

마시엥 영지에 상인의 거리가 있다면, 밀란 영지에는 용병단의 거리가 있다. 아쉽게도 테노스 용병단과 양대 산맥을 이루며, 두 용병단장 간의 은밀한 러브 스토리가 숨어 있는 카트리나 용병단은 여기에 없다.

하지만 이곳에는 테노스 용병단부터 해서 제국에서 이름값 좀 하는 용병단 다수가 있었다. 순위를 매긴다고 한다면 BEST 15 안에 드는 용병단 일곱 개 정도가 위치해 있는 곳이다.

왜 이런 용병단의 거리가 생겼는지 정확한 유래는 없었다. 상인의 거리는 마시엥 영지에서 추진한 영지 발전 사업의 일환이었지만, 용병단의 거리는 저절로 생겨난 것이기 때문이다.

"거의 다 왔네. 세 블록 정도만 더 가면 우리 용병단이 나와. 아마 전부 있을 거야. 내가 돌아오는 대로 다음 의뢰를 받아 출발하기로 했으니까."

"어떤 의뢰입니까?"

"글쎄? 단장님이 결정하시겠지. 다만 이번에 신참이 둘이나 들어왔으니 신참에게 선택권을 주지 않으실까? 후후, 재밌겠어."

아론은 기대하는 눈치였다. 새로운 동료의 합류는 매일 보던 지긋지긋한 얼굴에 신선함이 추가되는 것을 의미하고 용병단의 풀이 다양해짐을 뜻한다. 자신이 소속된 용병단에 애정을 가진 사람이라면 반길 수밖에 없는 일이다.

"자아! 아드란 용병단에 들어오면 최저 보수를 완벽하게 보장해 드립니다! 생활 용병 위주로 받고 있으니, 부담 없이 문의! 이쪽으로, 이쪽으로!"

거리 초입에 들어서기 시작하니, 여기저기 데스크를 꾸려놓고 용병단 입단을 권유하는 사람들이 꽤 보였다.

용병단의 의뢰와 임무라는 게 항상 전쟁, 전투처럼 목숨을 내놓고 하는 일만 있는 것은 아니라서 저런 식으로 다수의 생활 용병을 모집해 일상생활 전반에 영향력을 행사하는 경우도 많았다. 때로는 흥신소 역할을 담당하기도 했다.

용병단의 거리에 오니, 이제부터 시작될 다양하고도 바빠질 삶이 실감 난다. 내가 앞으로 해나가야 할 일들, 해야만 하는 일들, 하지 않아야만 하는 일들이 머릿속에서 파노라마처럼 지나간다.

수많은 과거의 기억들.

그 기억들이 본격적으로 판을 넓혀가는 시점이 바로 지금, 용병단에 입단하는 순간부터다.

*   *   *

"레논이라 했지? 반갑다, 내가 바로 테노스다. 아론에게 얘기는 들었다. 아론을 가지고 놀았다고 하던데. 그런 실력이면 굳이 우리 용병단에 올 필요가 있었겠나 싶기도 하지만, 온다면야 환영이지!"

"만나 뵙게 되어서 영광입니다, 레논이라고 합니다."

"영광은 무슨. 이제부터 고생길이 열린 거지. 네가 자진해서 지옥에 들어온 거야. 그렇게만 알면 돼."

"각오는 단단히 하고 있습니다."

"단단해서야 부러지기 쉽지. 적당하게 물렁한 게 좋아, 후후후."

한 시간 정도가 흐른 시간.

나는 테노스 용병단의 접견실에서 용병단원들을 마주한 채 인사를 나누고 있었다.

그중에서 가장 먼저 인사를 나눈 것은 테노스.

역시 기억했던 대로다.

개성 있는 헤어스타일과 훤한 이목구비는 단장의 외모로서 손색이 없는 것이었지만, 입은 옷이 꽝이었다. 파란 옷에 파란 바지. 웬만해선 소화하기 힘든 깔맞춤 의상인데, 거기에 한술 더 떠 신고 있는 신발까지 색깔이 비슷했다. 마치 걸어 다니는 파란색 크레파스를 보는 느낌이다.

이미 아론을 통해서 나에 대한 설명을 충분히 듣고 난 동료들은 나를 경계하지는 않는 눈치였다. 오히려 새로이 합류하게 된 기대감이 가득해 보였다.

특히 용병단에 없는 직업군이었던 마법사가 추가되었으니 더더욱 반가웠을 터다. 그래서 그런지 테노스와 아론부터 시작해서 모두 입가에 미소를 가득 머금고 있었다.

"반갑습니다. 레논입니다."

"반가워요. 크리스티나예요."

그렇게 자연스럽게 다른 동료들과도 인사를 나누고 가장 마지막으로 인사를 나눈 상대는 바로 정체불명의 인물 크리스티나였다.

그녀는 머리부터 발끝까지 길게 내려오는 로브를 두르고 있었다. 로브 사이로 유일하게 드러난 크리스티나의 얼굴은 구릿빛의 피부에 동양풍의 느낌이 물씬 풍기는 모습이었다.

나는 잠시 동안 크리스티나를 유심히 살폈다. 혹시 기억을 못하는 것은 아닐까 하고. 하지만 아무리 생각해도 그녀는 기억에 없는 존재다.

그녀는 내가 100번의 삶에서 처음으로 만난 인연이었다.

"자자, 인사는 이 정도로 하고. 어차피 의뢰 수행을 위해 떠나면 이야기할 시간은 얼마든지 많아. 바로 준비해서 출발하지. 이왕이면 빠른 게 좋잖아?"

그러는 사이 테노스가 먼저 운을 뗐다. 이제 막 용병단에 입단을 했는데, 환영식이라든가 안내 절차 같은 것은 하나도 없다. 이게 테노스 용병단의 방식이다.

일단 일을 벌여놓고 그 안에서 뭔가를 배우든, 느끼든, 받아들이든 하는 것이다. 철저하게 실전 위주인 테노스 용병단은 책상에 삼삼오오 모여 앉아 의뢰의 성공 가능성을 고민하고 가능성이 높은 의뢰만 선별적으로 받아들이는 다른 용병단과는 달랐다.

그래서 내가 매력을 느낀 것이기도 하다.

"단장님, 어떻게 할까요? 이왕이면 신참이 원하는 의뢰로 시작을 해보시죠?"

아론은 기대에 차 들떠 있는 모습이었다. 새로이 합류한 두 신참에 대한 기대 때문이기도 하겠지만, 테노스가 자신을 믿고 나를 받아준 것에 대한 감사함 때문이기도 하리라.

"그러면 이틀 일찍 들어온 신참이 선택하는 의뢰로 첫 스타트를 해보기로 하지. 다음 의뢰는 우리 레논이 선택하는 의뢰로 방향을 잡고 말이야, 어때?"

"이의 없습니다!"

순식간에 결정이 이루어졌다.

여기서부터 변수의 시작이었다.

나의 용병단 입단과 동시에 이루어질 의뢰의 시작의 선택권이 내가 아닌 크리스티나에게로 넘어간 것이다. 그녀는 어떤 의뢰를 선택할까? 이것만큼은 나에게도 예측 불가능한 일이었다.

*   *   *

크리스티나는 자신의 앞에 놓여 있는 몇 개의 의뢰 문서를 빠르게 살폈다.

용병단은 의뢰가 들어오면, 의뢰의 내용과 간략한 정보들을 별도로 적어 보관을 하는데 그것이 지금 크리스티나가 보고 있는 두루마리들이었다. 물론 의뢰인들이 정리해 오는 서류들도 있다.

크리스티나는 호기심에 찬 표정으로 계속해서 두루마리를 하나씩 열어보았다. 용병단에 들어온 지 얼마 되지 않았으면 긴장이라도 할 법하지만, 그녀는 아주 오래전부터 용병단에 있었던 것처럼 편해 보였다.

　그렇게 십 분 정도의 시간이 흘렀을까? 그녀의 시선이 꽤 오랫동안 한 개의 두루마리에서 멈춰 있었다. 그리고 결정한 듯, 성큼성큼 테노스에게로 다가와 두루마리를 내밀었다.

　"이 의뢰가 가장 좋을 것 같아요. 가장 많은 흥미가 가거든요. 동시에 큰돈 벌이가 될 것 같기도 해요."

　"테니, 내가 직접 봐도?"

　"얼마든지. 신참의 첫 경험을 발표할 수 있는 기회를 주지."

　그때, 한 사람이 테노스의 앞으로 나섰다.

　테노스를 테니라는 애칭으로 부를 수 있는 사람은 딱 두 명 있다. 바로 그의 연인인 카트리나와 '옛 연인'이었던 에일리다. 그녀는 궁수(弓手)였다.

　보통 검사 위주로 편성된 용병단에서는 꽤 귀한 인재였는데, 그녀는 과거 테노스와 연애를 하던 당시에도 용병단 소속이었지만 그와 헤어진 뒤에도 용병단에 남아 있었다.

　두 사람의 관계에 약간의 애정이라도 남아 있지 않을까 싶지만, 완벽하리만치 두 사람의 관계는 용병단 내의 동료 그 이상 그 이하도 아니다. 이제는 편한 친구처럼 되어버린 것이다.

워낙에 중성적인 이미지가 강했던 탓에 동료들도 그녀를 여자라고 생각하기보다는 실력 좋은 동료로 생각했던 기억이 난다.

"어디 보자……."

에일리는 크리스티나가 건넨 두루마리를 빠르게 읽어 나갔다. 그리고 그녀의 입가에 점점 미소가 걸렸다.

"뭐예요, 에일리?"

아론이 궁금함을 참지 못하고 물었다. 크리스티나는 고개를 살짝 숙인 채 피식 웃고 있었다. 자신이 생각하기에도 이 상황이 웃음이 나는 모양이었다.

나는 크리스티나에게 시선을 고정시킨 채 유심히 상황을 살피고 있었다. 그녀는 내게 득이 될까, 아니면 실이 될까?

변수라는 것이 꼭 내게 나쁜 것만은 아니다. 때로는 더 좋은 방향으로 상황을 이끌기도 하기 때문이다. 하지만 예측 가능한 범주를 생각하며 장기를 두듯 상황을 풀어가던 내게 변수가 그리 유쾌한 요소는 아니었다.

다만 아이러니하게도 마음속 한편에는 그런 변수를 내심 기대하는 마음도 있다. 왜일까? 너무 내가 기억하는 대로만 흘러가 버리면 재미없기 때문일까? 그건 나도 잘 모르겠다.

"크리스티나, 정말 모험을 좋아하는구나?"

"평범한 의뢰는 재미없잖아요?"

"뭔데 그래? 나까지 궁금해지게 만드는군."

내용을 확인한 에일리의 물음에 크리스티나는 자신 있게 답했다. 테노스도 크리스티나의 결정을 궁금해하는 눈치다.

용병단에 들어오는 의뢰들은 아주 쉽게 가능한 것부터 아주 어렵고 불가능해 보이는 것까지 다양하다. 의뢰가 곧 수락을 의미하는 것은 아니기 때문에, 의뢰자들도 부담 없이 자신들의 의뢰 사항을 가져온다. 접수만 해놓기도 하기 때문이다.

이 시점에 테노스 용병단에 들어온 몇몇 의뢰를 기억하고 있긴 하지만, 나도 전부를 알고 있지는 못하다.

과거의 기억 속에서 나는 별다른 망설임 없이 마도국 자르가드와의 접경지대로 가자고 했었다. 그게 목표였으니까. 그래서 굳이 다른 의뢰를 확인할 생각도 하지 않았다.

"지우드, 그 녀석을 잡으러 가자는데요?"

"지우드? 그러면 한 달 전에 그 공작이 가져왔던 의뢰서에 우리 신참이 관심을 가진 건가?"

"재밌겠어요. 하지만 지우드라면 신참에게 좀 버겁지 않을라나?"

"아, 설마 지금 신참이 고른 게……."

"어이, 신참! 정말 괜찮겠어?"

순식간에 이야기가 오고갔다. 그 속에서 이름 하나가 들렸다. 지우드.

지우드라면 스페디스 제국의 서쪽에 있는 바다, 흑해(Black Sea)를 거점으로 활동하고 있는 해적의 이름이다. 가장 악명 높은 해적으로 제국에서 그들을 잡기 위해 편성된 토벌군까지 해전에서 박살을 내버릴 정도로 실력이 대단했다.

지우드는 흑해 해로를 이용하는 상선을 기습해 나포하고 물건을 탈취했으며, 심지어 선원들을 잡아다가 다른 제국에 노예로 팔기도 했다.

이 정도는 약과였다. 때로는 아예 섬이나 해안가에 상륙하여 인근의 마을에서 노예로 쓸 사람을 직접 잡아가거나, 성노예로 팔아버릴 여자들을 납치했다.

초창기 지우드는 규모도 작고 이름도 잘 알려지지 않은 해적에 불과했지만, 지금은 흑해를 말하면 자연스럽게 떠오르는 인물로 성장해 있었다.

원래의 역사대로라면 지우드는 지금으로부터 7년 후, 지병으로 인해 숨을 거두게 된다. 그가 죽으면서 부하들의 내분이 시작되고 이때를 노린 스페디스 제국군이 지우드의 세력을 무력화시킨다.

그 과정에서 지우드의 비밀 아지트를 포함, 본거지가 모두 점령당하게 되는데, 흥미로운 사실은 지우드가 해적으로 활약하며 벌어들이고 저장해 두었던 돈이 수십만 골드에 달했다는 점이다. 게다가 소문으로 돌았던 내용에 따르면 밝혀지지 않은 은신처가 더 있었고 그 은신처에는 오래된 고문서나 아티팩트 따위도 존재했다고 한다.

그래서 지우드의 사후(死後), 지우드가 남긴 유산을 찾겠다며 바닷길로 나서는 수많은 모험가가 나타났다. 주인은 죽었고 휘하의 부하들은 모두 제국군에 체포되거나 죽어 없어졌기 때문이다. 그야말로 무주공산이 된 보물창고를 찾아 떠나는 모험가들의 즐거운 여정이었다.

그런 지우드에 관련해서 들어온 의뢰에 크리스티나가 관심을 가진 것이다.

지금의 지우드는 최고의 전성기를 구가하고 있는 해적이다. 섬 하나를 본거지로 두고 활약하고 있으며, 심지어 휘하에는 실력 좋은 검사와 마법사들도 있다. 이쯤 되면 해적이라기보다 하나의 군 세력이라고 봐도 무방할 정도인 것이다.

"제 실력을 보여드리고 싶어요. 아무리 지우드라고 해도 빈틈이 없는 것도 아닐 테고요."

크리스티나가 자신감에 찬 목소리로 답했다. 그녀는 벌써 들떠 있는 눈치였다. 동시에 나를 바라보며 의미를 알 수 없는 눈빛을 보냈다. 내 반응을 궁금해하는 눈치다.

"어때, 레논? 흔쾌히 떠나볼 수 있겠나? 물론 아니라고 해도 떠날 테지만 말이야."

테노스가 묻는다. 여기서 대답은 무의미하다. 그의 말처럼 어떤 대답을 해도 이미 출발이 결정된 일이다. 그렇다면 차라리 흔쾌히 떠나는 것이 낫다.

"용병단에서 결정했다면 당연히 따라야겠죠. 좋은 모습 보여드릴 수 있도록 하겠습니다."

"좋아. 다들 잘 들어라. 이번에 크리스타나가 선택한 의뢰는 지우드가 본거지로 삼고 있는 롱 아일랜드(Long Island)에 들어가 주마야 공작의 차남인 헤스키를 구출해내는 일이다. 지금 지우드는 롱 아일랜드에 없기 때문에 아마 부관인 시몬이 롱 아일랜드 전반을 관리하고 있을 거다. 전력 일부가 빠져 있긴 하지만 여전히 까다로운 건 마찬가지야. 헤스키를 구출하고 최대한 빠르게 이탈하는 것을 목표로 한다. 뭐, 여유가 좀 닿는다면 숨겨진 보물창고를 찾아보는 것도 나쁘진 않겠지만……."

테노스가 의뢰서의 내용을 다시 한 번 살피며 입맛을 다셨다. 용병단의 목적은 결국 돈이다. 물론 개인의 전공이나 사회적인 명예, 지위를 획득하기 위해 용병단에 들어오기도 한다.

실제로 보수에 연연하지 않고 귀족가와의 연줄을 만들기 위해 그들의 의뢰를 주로 수행하는 용병들도 존재한다.

하지만 대다수의 용병들은 돈과 명예, 두 마리 토끼를 동시에 잡을 수 있는 의뢰를 원했다. 지우드에 관한 주마야 공작의 의뢰가 딱 그랬다. 주마야 공작은 스페디스 제국에서 열 손가락 안에 드는 상위 귀족이었다.

그의 아들을 구출하는데 성공한다면 대내외적으로 테노스 용병단의 이름이 알려질 것은 자명한 사실이다. 게다가 의뢰에 대한 보수도 상당하다.

주마야 공작은 제국 내의 도로 정비 사업을 전부 도맡아 주관하면서 상당한 돈을 손에 쥔 사람이었다. 그는 자신의 둘째 아들을 되찾기 위해 어마어마한 보수를 의뢰비로 내걸었다.

보수는 기본이다. 테노스의 말대로 지우드의 보물창고라도 하나 찾게 된다면, 그때부터는 보너스다.

"언제 출발합니까?"

"짐들 챙겨. 한 시간 뒤다."

아론의 물음에 테노스가 망설임 없이 답했다. 그러자 모두가 고개를 끄덕이며 출발을 위한 준비에 들어갔다. 이의나 의문을 제기하는 사람도, 고민을 하는 사람도 없었다.

단장인 테노스가 결정을 내렸고 그 결정에 모두가 순응하는 모습이었다. 그것이 테노스 용병단의 기강이자 전통이고, 오래된 호흡이었다.

*   *   *

나와 크리스티나는 아론의 안내를 따라 개인 침실을 배정받았다. 용병단의 건물이 무척이나 컸기 때문에 소속된 용병단원들이 자신의 침실을 배정받는 것은 어렵지 않은 일이었다.

다만 침실 외에 독서, 연구, 공부 등을 위한 공간으로 쓰는 별도의 작업실은 2인 1실 구조로 되어 있었는데, 이 공간을 크리스티나와 함께 쓰도록 배정 받았다.

"청결을 기본으로 생활했으면 해. 침실에 있는 침구류들은 주기적으로 사람을 불러 세탁하니까 걱정할 필요 없고 다만 작업실은 공동 공간이니까 서로에게 피해주는 일 없도록 깨끗하게 관리해. 알았지?"

"네, 알겠습니다."

"알겠습니다."

아론의 자세한 안내에 나와 크리스티나가 동시에 대답했다.

"그럼 필요한 옷가지들만 간단하게 챙겨. 레논은 롱 아일랜드로 들어가기 전에 필요한 것들을 구매하는 걸로 하고. 아무래도 양손 가볍게 들어왔으니까, 그래야겠지?"

"그게 좋을 것 같습니다."

아론의 말대로 나는 몸뚱아리만 들고 용병단에 들어온 상황이라 갈아입을 옷도, 아무것도 없었다. 당장에 침실이나 개인실에 둘 물품들도 구매해서 채워놓아야 할 상황인데, 입단 첫날에 바로 의뢰를 수행하기 위해 떠나게 됐으니 그럴 여유도 없었다.

"그럼 한 시간 뒤에 용병단 로비로. 나도 준비를 해야 할 것 같으니까."

"예."

말이 끝나기가 무섭게 아론이 밖으로 나섰다. 그러자 안내받은 작업실 안에 나와 크리스티나가 함께 남게 되었다.

"……"

잠시의 적막이 흘렀다.

감도는 어색한 기운. 그 적막을 먼저 깬 것은 크리스티나였다.

"레논, 편하게 말 놓는 건 어때요? 열일곱이라고 했죠? 나도 같은 나이예요. 신분도 같고, 굳이 말을 불편하게 할 필요가 없을 것 같은데."

"그러죠."

"그래, 그러자."

"좋아."

대화의 흐름 자체가 매우 어색하다.

내가 초면에 낯을 가리는 편은 아니다. 특히 기억에 있는 사람들을 만날 때는 첫 만남이라 할지라도 자연스럽게 이야기를 풀어나가곤 한다. 그가 어떤 주제에 관심이 많고 어떤 이야기를 싫어하며, 어떤 식으로 대화를 가져가길 원하는지 알고 있기 때문이다.

하지만 크리스티나에 대해서는 아무런 정보도 없었다. 갑자기 예고 없이 나타난 변수이다 보니 그녀의 존재 자체에 대한 의문도 있었다. 그녀는 왜 갑자기 내 앞에 나타난 걸까?

"레논."

"응?"

"아까부터 느낀 건데 말이야. 우리… 구면은 아니지? 어디서 본 적이 있는 것 같기도 해서. 처음 보는 것 치고는 뭔가 익숙한 느낌이 들었거든."

"그럴 리가. 난 오늘 처음 보는데?"

"그렇지? 근데 왜 이리 익숙하지? 전생에 연인이었다거나, 그런 건 아닐까? 진짜 이상해. 처음 보는 게 아닌 것 같단 말이야?"

나를 바라보는 크리스티나의 눈빛이 반짝이고 있었다. 그녀는 작업실을 둘러보는 내게 바짝 다가와서는 얼굴부터 몸 아래까지 여기저기를 유심히 살폈다.

마치 스캔이라도 하는 것처럼.

"착각이겠지."

"그렇겠지? 그냥 익숙한 느낌이 들었어. 그나저나 레논, 대단하네. 그 나이에 용병단에 들어올 정도로 실력 있는 마법사가 된다는 거, 쉽지 않은 일이잖아."

"운이 좋았어."

"운이 좋다는 말 하나로 마법사가 된 걸 설명할 수 있을 것 같지는 않은데?"

"근데 그건 크리스티나도 마찬가지 아니야? 용병단의 테스트를 통과하고 들어올 정도의 어쌔신이라면……."

크리스티나의 등장에 나는 가장 중요한 포인트를 놓치고 있었다. 바로 크리스티나의 실력이다.

나는 아론과의 전투에서 승리했고 그것이 계기가 되어 아론에게서 용병단 가입 추천을 받을 수 있었다. 용병단에 다른 누군가를 추천한다는 것은 실력에 대해 확실한 보증을 해야 하기 때문에 결코 쉬운 것은 아니었다.

그런데 크리스티나는 다른 누구도 아닌 단장 테노스의 추천을 받은 것이다.

"잔재주가 좀 있을 뿐이야. 히히."

시이이잉!

어느새 품속에서 날카로운 단도 하나를 꺼낸 크리스티나가 소중한 물건을 다루듯, 바짝 예기가 오른 단도의 끝을 어루만졌다. 아주 잠깐이지만 단도를 움켜쥐었던 그녀에게서 살기가 느껴졌다. 웃고 있는 모습과는 전혀 다른.

"레논."

"응?"

"좋은 친구가 될 것 같아. 잘해보자. 내 룸메이트!"

크리스티나가 내게 손을 내민다. 잠자는 방까지 함께 공유하는 사이는 아니지만, 작업실을 함께 쓰니 반쯤 룸메이트인 것은 맞다.

나는 크리스티나에 대해 아직은 그 어떤 판단도 내리지 않기로 했다. 그녀는 분명 변수다. 내게 도움이 될지, 발목을 잡는 존재가 될지도 알 수 없다.

하지만 변수가 생겼다고 해서 마냥 그녀를 안 좋게 의심할 이유는 없었다. 오히려 느슨해질 수도 있었던 내가 좀 더 긴장을 할 수 있게 하고 지루할 수도 있었던 반복된 삶에 새로운 활력소가 된다.

긍정적으로 생각한다면, 한없이 긍정적으로 볼 여지도 충분히 많았다. 나는 크리스티나의 존재에 큰 의미를 부여하지는 않기로 했다. 다만 그녀의 말대로 좋은 친구가 생겼다고 생각할 예정이다. 열일곱, 동갑내기의 암살자 친구 말이다.

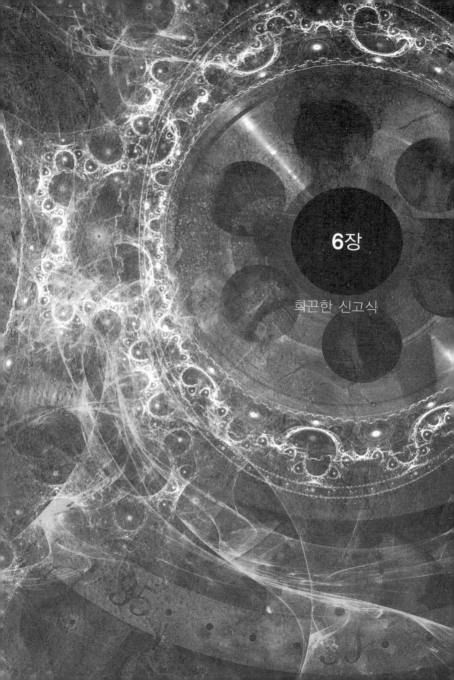

6장

화끈한 신고식

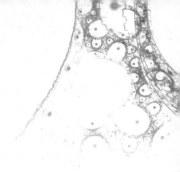

두 시간 뒤.

우리는 흑해로부터 하루 정도의 거리에 떨어진 이드론 영지에 도착해 있었다.

테노스 용병단에서 이드론 영지까지는 걸어서 일주일 이상을 이동했어야 할 거리지만, 테노스는 한 치의 망설임도 없이 바로 장거리 텔레포트 마법진을 이용해 용병단원 전원을 이동시켰다.

장거리 텔레포트 마법진은 전부 제국의 소유로 발생하는 수익의 전부가 스페디스 제국의 마법부와 아카데미의 예산으로 쓰이고 있었다.

워낙에 이용료가 비싼 탓에 단순 여행을 위해서라든가, 상단의 물건 배송을 목적으로 쓰이는 일은 거의 없었다. 수지타산이 안 맞기 때문이다.

장거리 텔레포트 마법진은 다수의 마나석을 소모하는 만큼 가격이 비쌌는데, 테노스는 비용에 대한 고민 없이 바로 마법진을 이용해 우리를 이동시켰다.

테노스는 수완이 좋고 인맥이 넓은 사람이다. 그러다 보니 제국의 군부라든가 마법부에도 꽤 많은 인맥이 있고 그런 인맥을 이용해 좀 더 값싸게 텔레포트 마법진을 이용하고 있었던 것이다.

엄밀히 말하자면 이건 불법이다. 단, 텔레포트 마법진을 활성화시키는 담당 마법사들과 테노스 사이에 은밀한 거래가 있기에 가능한 일이다. 서로가 입을 다물고 있으면, 크게 문제될 것이 없기 때문이다.

그렇게 해서 우리는 1주일이 훨씬 지나서 이동했을 거리를 단 두 시간 만에 이동할 수 있었다. 현대를 구성하고 있는 고도의 기술이나, 이 세계를 구성하고 있는 고도의 마법이나 편리하기는 매한가지인 셈이다.

지우드의 영향권에 들어가기 시작하는 곳이 바로 이곳, 이드론 영지부터다. 지우드의 무서운 점은 바다를 중심으로 활동하면서도 내륙에 위치해 있는 다수의 산적 조직과 연계되어 있다는 것이다. 유유상종, 딱 상황이 그러했다.

내륙의 산적들은 바다를 주름잡으며 제국군을 농락하는 지우드를 동경하고 부러워했다. 그래서 지우드가 먼저 손길을 뻗어오면 어김없이 그 손을 잡았다. 그리고 지우드의 충실한 협력자가 됐다.

이들은 지우드의 후원을 믿고 더욱 날뛰었고 그런 산적들이 대거 위치해 있는 곳이 바로 이 이드론 영지 주변부터였다.

보통 해적들이 기승을 부리고 산적과 도적 떼들이 출몰하기 시작하면 제국 혹은 대영지 차원에서 토벌대를 꾸려 조기에 문제를 진압하게 마련이다. 치안 불안은 물론이거니와, 상단 혹은 군수물자의 이동에 차질을 주기 때문이다.

하지만 현재 스페디스 제국은 대내외적인 모든 일을 세세하게 신경 쓸 새가 없었다.

아주 오래전부터 이어져 온 황제 테미르 7세의 방탕한 생활 때문이었다.

성군으로 불리며 스페디스 제국의 중흥기를 이끌었던 아버지 테미르 6세와 달리, 아들 테미르 7세는 술과 여자를 좋아하고 유흥과 축제를 즐기는 전형적인 '놀자판'이었다.

어렸을 적부터 노는 것을 좋아해 사냥을 즐겼던 테미르 7세는 덕분에 배움의 깊이가 적어 복잡하고 어려운 것을 싫어했다. 그리고 제국 내외에 산재한 수많은 현안에 대해 고민하기보다는 몇몇 이름 있는 대신의 판단을 대충 받아들여 결정하거나, 혹은 전권을 위임해 주고 자신은 일선에서 물러났다.

초창기, 선대 황제부터 이어져 온 유능한 신하들이 전권을 위임받았을 때는 이런 테미르 7세의 안배가 문제되지 않았다. 일처리가 훨씬 더 잘되었기 때문이다.

하지만 유능한 신하들이 물러나면서 문제가 발생하기 시작했다. 다른 황족들의 입김이 개입하고 온갖 비리와 뇌물이 난무하는 가운데 역량 미달의 작자들이 그 자리를 차지한 것이다.

지금 스페디스 제국은 악화 일로를 걷는 상황이었다. 흑해 일대의 영지를 관리하는 영주들과 군인들은 하루가 멀다 하고 지원 요청을 보내고 있었지만, 대부분의 서신들은 황제 테미르 7세에게 전달되기도 전에 어디선가 사라졌다. 불편한 진실을 누군가가 의도적으로 덮어버린 것이다. 그 바람에 이쪽은 날이 갈수록 상황이 엉망이 되어가고 있었다.

"벌써부터 구린내가 나는 걸 보니, 롱 아일랜드로 가기 전에 한바탕 싸움이 있을 것도 같군요."

아론이 인상을 찌푸리며 창문 너머로 보이는 산을 불쾌한 표정으로 쳐다보았다.

이드론 영지 외곽으로 향하는 길.

레인테인 산의 초입에 위치한 여관 중 하나를 통째로 빌린 우리는 먼저 주변을 살피기로 했다. 앞서 이곳으로 오는 과정에서 레인테인 산에 있던 산적들의 게릴라전에 속수무책으로 당하고 패퇴한 영지군을 본 것이다.

테노스는 롱 아일랜드로 향하는 길을 잡기에 앞서, 먼저 레인테인 산에서 맹위를 떨치고 있는 산적들의 위치를 파악하고 싶어 했다.

산적들이 무서운 것은 그들 개개인의 역량이 뛰어나서라기보다는 산을 제집처럼 이용하며, 산길에 어두운 상대를 집요하게 게릴라전으로 괴롭히기 때문이다.

실력 있는 마법사와 검사, 어쌔신과 궁수가 다양하게 섞여 있는 용병대지만, 게릴라전은 개개인의 실력을 충분히 무력화시킬 만큼 골치 아프고 까다로운 것이었다.

"그냥 쓸어버리죠? 이런 잔챙이들이 손 풀기에는 가장 좋지 않습니까?"

먼저 의견을 낸 것은 알렉세이였다.

그는 용병단 소속의 검사로 서른두 살의 테노스보다 한 살 어린 사람이다. 머리카락 하나 없이 깨끗한 민머리에 몸 전체를 도배하다시피 한 문신, 찢어진 두 눈이 인상적인 그는 매우 호전적인 남자였다.

게다가 테노스 용병단 소속의 동료가 아닌, 다른 용병단의 단원들을 대놓고 깔볼 정도로 자부심이 강했다. 알렉세이를 스카우트하기 위해서 은밀히 찾아온 다른 용병단의 단장에게 실력을 증명해 보라며 대련을 신청하고 그 자리에서 묵사발을 만든 일화는 유명했다.

"알렉세이 오빠, 굳이 왜 여기서 힘을 빼요? 지우드는 없다고 해도, 시몬도 만만한 놈은 아니에요. 또라이라니까요."

"그런가?"

"그런가… 가 아니라, 굳이 엄한데서 시간 빼고 힘 뺄 필요 있냐는 거죠."

에일리의 지적에 알렉세이는 고개를 끄덕이며, 더 이상 말을 잇지 않았다. 그는 매우 호전적이고 다혈질의 남자지만 유독 에일리에게는 약했다. 그녀를 짝사랑하기 때문이다.

남자보다도 더 남성적인 성격의 에일리는 뭇 남성들의 마음을 설레게 할 만한 카리스마가 있었다. 물론 내 타입은 아니다. 몸매부터 시작해서 내가 원하는 여성과는 전혀 다른 모습이다.

"단장님, 이참에 신참들 솜씨 한 번 보죠? 재밌을 것 같은데. 뭐, 첫날부터 죽거나 하진 않을 테니까. 혈기 넘치는 신참들이니 힘을 좀 뺀다고 해서 금방 지칠 것 같지도 않은데."

이어서 운을 뗀 것은 클라크였다. 그 역시 알렉세이와 같은 검사다.

어깨까지 길게 늘어뜨린 금발이 인상적인 그는 전형적인 마초남 스타일인 알렉세이와는 정반대로 호리호리한 몸에 하얀 피부, 다소 창백해 보이는 외모가 인상적인 사람이었다.

말투에 좀 문제가 있기는 해도, 뒤로는 또 보이지 않게 동료들을 꼼꼼히 잘 챙겨주는 사람이기도 했다.

돌아가는 분위기가 나와 크리스티나가 먼저 정탐이라도 나가게 될 느낌이다. 전투보다 어려운 것이 정탐이다. 상대에게 자신의 기척을 들키지 않으면서, 필요한 정보들을 모두 수집해야 하기 때문이다.

겉핥기식으로 겉만 대충 둘러보고 온 것은 전투에 필요한 정보가 될 수 없다. 적들의 위치와 동선을 파악하는 것은 물론이고 적에게 존재가 발각되었을 경우에는 흔적 없이 처리할 수 있어야 했다.

주로 마법사들이나 어쌔신들이 정탐을 담당하는 것이 그런 이유에서였다. 그래서 나와 크리스티나는 더할 나위 없이 좋은 조합이다.

"좋아, 실력 좀 볼까?"

클라크의 말에 테노스가 고개를 끄덕이며 말을 이었다.

테노스는 첫 만남부터 나와 크리스티나, 그중에서도 내게 많은 기대를 거는 눈치였다. 마법사라는 직업과 어린 내 나이가 그의 관심을 충분히 끌었을 터다.

용병단 입장에서 마법사는 있으면 있을수록 좋은 직업이다. 대다수가 검사이기 때문에 원거리에서 검사들의 공격을 효과적으로 보조해 줄 마법사의 유무는 매우 중요했다.

"맡겨 주십시오."

내가 먼저 앞장섰다.

아론의 추천으로 입단했지만, 아직 나에 대한 완벽한 신뢰가 동료들에게는 부족했다.

이왕이면 롱 아일랜드로 들어가기 전에 실력 발휘를 할 수 있으면 좋다. 테노스는 그런 점들을 염두에 두고 나와 크리스티나에게 기회를 주려는 것 같았다. 크리스티나 역시 실전에서의 실력 검증은 한 번도 없었으니까.

*　　　*　　　*

30분 후.

나와 크리스티나는 레인테인 산 안으로 들어서고 있었다.

목적은 하나.

레인테인 산을 기반으로 활약하고 있는 산적들의 위치와 본거지, 동선을 파악하고 돌아와 보고하는 것이었다. 동시에 재량도 주어졌다. 견적이 나오면 산적 두목의 목숨을 노려보라는 것이었다.

싸울 만하면 둘이서 합심해서 싸워보고 아니면 돌아와 함께 움직이자는 게 테노스가 내린 명령의 골자였다.

"흑해에 가까워지니까 점점 더워지네. 내륙에 있을 때만 해도 쌀쌀했는데, 공기부터가 덥게 느껴지는데?"

"그런 옷을 입고 다닐 정도는 아니지 않나?"

"아냐, 난 이 옷이 정말 편해. 걸리적거리는 게 없잖아. 추울 때는 로브를 두르고 있는 게 딱인데, 이런 더운 날에는 이불 뒤집어쓰고 있는 거나 다름이 없어. 추울 때 말고는 거추장스러운 건 질색이거든. 너무 답답해."

흑해의 고온다습한 기후가 덥게 느껴질 무렵.

크리스티나는 어느새 로브를 벗어 정리하고는 내 옆을 따라 걷고 있었다. 그리고는 드러난 자신의 살결 위로 무언가를 열심히 바르고 있었다.

그로 인해 로브에 가려져 있어 볼 수 없었던 그녀의 매끈한 몸매가 시야에 들어왔다.

구릿빛의 피부를 한 얼굴이나 도톰한 입술은 로브를 둘러쓰고 있을 때도 보았던 것이지만, 나머지는 아니었다.

움직임을 용이하게 만들기 위해 아예 옷감 자체도 덧대지 않은 허벅지에서는 매끈함이 묻어났다. 그저 중요한 부위만 가리기 위해 만들어진 옷 같았다.

민소매에 가깝게 제작된 상의는 어깨와 가슴 일부만 가리는 형태로 만들어져 있었고 그나마 그것도 세로로 가린 형태라서 옷으로 커버되지 않은 양 옆으로 볼륨감 있는 가슴이 그대로 드러났다.

이 정도면 옷을 입었다기보다는 걸쳤다고 해도 무방할 수준이다. 활동하기에는 더할 나위 없이 편하겠지만, 어지간한 남자라면 계속해서 눈을 돌리게 할 법한 복장이었다.

추운 내륙의 날씨 때문에 두껍게 옷을 차려입은 아이린이나 로이니아의 복색만 봤기 때문인지 크리스티나의 저런 노출 섞인 복색이 더욱 관능적이고 도발적으로 느껴졌다.

"훗, 어딜 그렇게 봐?"

"보이는 부분을 보고 있을 뿐이야. 안 보이는 부분은 안 보고."

자연스럽게 고정된 나의 시선을 느꼈는지 크리스티나가 피식 웃으며 내게 물었다.

보통 이런 상황에서 남자들은 이런저런 변명을 하게 마련이다. 옷에 티끌이 묻었다느니, 먼 산을 보았다느니 같은.

나는 굳이 그런 거짓말은 하지 않았다. 그저 본능이 이끄는 대로 보이는 부분을 봤을 뿐이다. 보이지 않는 부분은 상상할 뿐이고.

          *   *   *

"레논. 잘생겼다는 소리 많이 듣지?"

"많이 들은 건 아니지만, 못생겼다고 생각한 적은 없어."

"히힛, 남자들은 다 그렇더라. 자기 얼굴을 보고 이 정도면 괜찮아… 라고 생각한다던데."

"정말 괜찮기 때문에 괜찮다고 생각하는 사람도 있어. 이 정도면 준수한 편이지, 안 그래?"

"맞아. 레논은 잘생겼어. 거기에 실력까지 좋은 미남 마법사라니, 너무 매력적이잖아?"

"그런데 그건 크리스티나, 너도 마찬가지야. 그 나이에 그런 복장을 매력적으로 소화할 수 있는 사람은 많지 않거든. 자신 있게 입는다는 게 쉽지 않잖아."

"어때, 괜찮아 보여? 아, 잠시만!"

나와 대화를 나누던 크리스티나는 잠시 움직임을 멈추고 몸에 바르던 안료를 마저 바르는 모습이었다.

열심히 드러난 살결 위로 반짝이는 무언가를 바르고 있었는데, 시간이 지나자 점점 주변 풍경의 색깔과 동화되기 시작하면서 일종의 '위장색'처럼 변해가는 모습이었다.

그렇다면 위장용 마법 안료일 것이다. 군인이나 어쌔신이 즐겨 쓰는 이 마법 안료는 가격이 비싸서 흔하게 쓰이진 않았지만, 효과가 확실해 재력이 되는 사람들이라면 꼭 사용하는 물품이기도 했다.

크리스티나는 열심히 마법 안료를 발랐다. 그러다 보니 옷 바깥으로 살짝 드러난 가슴 언저리에도 안료를 발랐고 덕분에 그 손길을 따라 가슴이 출렁거렸다. 바로 눈앞에서 내가 그녀를 바라보고 있었지만, 크리스티나는 전혀 신경 쓰지 않는 눈치였다.

"아, 됐다! 위장용 안료거든. 이게 있으면 정말 효율이 좋아서. 레논도 발라줄까?"

"괜찮아. 마법사에게는 필요 없어."

나는 로브를 좀 더 깊게 여미며, 고개를 저었다.

덥다며 로브를 벗어던진 크리스티나와 달리, 나는 오히려 로브를 걸치고 있었다. 사실 마법사는 복장에 크게 구애를 받지는 않는다. 어차피 마법을 쓰는 순간 위치가 노출되기 때문이다.

다만 로브를 걸쳤을 때, 적으로 하여금 마법사 특유의 아우라가 느껴지게 한다거나 시각적으로 공포심을 유발하는 효과가 있어 즐겨 입곤 하는 것이다.

"동갑내기 친구가 생겨서 기분이 좋아. 신참은 나 혼자인 줄 알았는데 바로 또 왔다는 거야! 나랑 나이도 같은 사람이.

그래서 완전 반갑게 기다리고 있었지."

"크리스티나는 그럼 혼자 지내고 있는 거야?"

"응, 이스티 대륙에서 혼자 넘어왔으니까 가족은 없어. 원래 고아였거든."

"내가 괜한 부분을 물었구나."

"아니, 괜찮아. 고아라고 부끄럽거나 그런 건 없어. 이제 이곳에서의 생활에 잘 적응했으니까 아쉬운 것도 없구. 먹고 살만은 해졌으니… 연애도 해보면 좋으련만?"

크리스티나가 은근한 시선으로 내게 추파를 보내고 있었다. 내 앞에서 로브를 벗어던지고 복장을 바꾼 것도 그렇고 외모에 대한 칭찬이며, 은근한 말들이 확실히 감정이 있는 것처럼 느껴졌다.

아직 크리스티나가 어떤 인격을 가진 사람인지는 잘 알지 못한다. 분명 육체적인 부분에서는 많은 매력 포인트를 가지고 있는 그녀지만, 그것 하나가 그녀의 인격을 대신할 수는 없다.

"……!"

바로 그때.

나와 크리스티나가 거의 동시에 기척을 감지한 듯, 서로 무언의 눈빛을 교환했다.

마법사와 어쌔신이 함께 어떤 임무를 수행하게 될 경우, 두 직업의 포지션은 확실하게 정해져 있다. 마법사가 시선을 끄는 역할을 맡는다. 이른바 어그로다.

잠입, 암살에서는 결국 어쌔신을 따라갈 직업이 없다.

그래서 이런 조합일 때는 마법사가 적들의 시선을 이끄는 가운데, 어쌔신이 은밀하게 대상을 제거하는 패턴이 가장 이상적이다.

크리스티나의 생각도 나와 별반 다르지 않아보였다.

나는 한 손에 파이어 볼을 캐스팅하며, 주변을 살폈다. 그러는 사이 순식간에 내 옆에서 사라진 크리스티나는 수풀 사이를 가르며 북동쪽으로 보이는 비탈길 위를 빠르게 오르고 있었다.

그 순간, 위에서 날 바라보고 있는 산적 하나가 모습을 드러냈다. 그리고 나와 시선이 마주쳤다.

바로 그때.

"읍!"

산적의 목을 왼손으로 움켜쥐고 오른손에 든 단검을 목젖 앞에 겨누고 있는 크리스티나의 모습이 보였다.

"헤이스트."

나는 지체할 것 없이 바로 헤이스트를 전개해 단숨에 산적의 코앞까지 다가갔다. 순식간에 죽을 처지가 된 산적은 이미 겁에 질린 창백한 표정으로 나를 바라보고 있었다.

"사, 사, 살려······."

"안내해. 너희들이 있는 곳으로. 대답은 필요 없어. 안내하기만 해."

끄덕끄덕.

겁에 질린 산적은 눈을 깜빡이며 고개를 끄덕였다.

크리스티나는 산적의 등 뒤에 완벽히 붙은 상태로 여전히 단검으로 목을 겨누고 있었다. 다만 안내를 위해 산적이 움직이기 좋도록, 목을 붙잡고 있던 왼손만 느슨하게 풀어주었다. 그러자 녀석이 종종 걸음으로 자신들의 본거지를 안내하기 위해 움직이기 시작했다.

나와 크리스티나는 다시금 눈빛을 주고받았다. 방금 전까지 장난스럽고 평범한 대화를 주고받던 크리스티나의 두 눈에는 어느새 살기가 가득 채워져 있었다.

하지만 나와 눈이 마주치자, 이내 그 살기가 천천히 빠져나오면서 그녀의 천진난만한 눈빛이 빈자리를 채웠다. 다만 그녀의 오른손은 여전히 산적의 목을 겨눈 채, 언제라도 숨통을 끊어버릴 준비를 하고 있는 모습이었다.

눈먼 산적을 바로 캐치한 덕분에 이동 루트가 한결 단순해졌다.

나는 이 산적의 운명을 알고 있다. 그녀도 나와 같은 생각일 것이다.

소설이나 영화, 드라마 속이라면 이렇게 산적이 길 안내라도 하고 나면 멀리 떠나라며 살려 보내주거나, 구구절절한 거짓말 섞인 사연을 들어가며 마음이 약해져 살려보내겠지만.

결국 이 녀석 역시 레인테인 산을 기반으로 활동하던 산적 떼의 일원이었고 이 산적들은 이미 다수의 인명을 살상한 자들이었다.

영지군은 물론이거니와 레인테인 산을 넘어야만 했던 수많은 여행자, 상인, 여성들… 일일이 늘어놓기도 힘든 수많은 사람이 희생당했다.

나는 내가 정의의 구현자, 세상의 질서를 바로잡는 자라고는 생각하지 않는다. 권선징악을 몸으로 실현하기 위해 앞뒤 가리지 않고 오로지 그것만을 생각하며 움직이지는 않는다는 뜻이다.

하지만 누가 봐도 악인(惡人)임을 부정할 수 없는 존재에 대해선 나 역시 참을 수 없는 감정을 가지고 있긴 매한가지였다. 해적 지우드도 그렇고 이 녀석들도 마찬가지다. 사연 없는 사람은 없다. 그런 사연들이 악행을 정당화시켜 줄 수는 없는 것이다.

"여, 여기, 여기가……."

산채 근처에 도착하자, 산적이 조심스럽게 손을 들어 아래를 가리켰다. 그러자 주변을 빽빽하게 둘러싸고 있는 나무들 사이로 산채의 광경이 살짝 드러났다.

"고생했어."

"감사합……."

쇄애애액!

"……!"

크리스티나의 말에 대한 대답이 채 끝나기도 전에 산적의 목 앞쪽에서 붉은 피가 튀었다. 단검에 깔끔하게 베여져 나간 목에서는 분수처럼 피가 솟구쳤고 산적은 말을 이을 새도 없이 자신의 목을 움켜쥐며 앞으로 고꾸라졌다. 죽은 것이다.

"어떻게 할까?"

크리스티나가 묻는다. 뒤에서 완벽하게 산적의 목을 끊은 덕분에 그녀에게는 피 한 방울 튀지 않은 상태였다. 그녀다운 깔끔한 처리였다.

"일단 좀 더 살펴보자. 산채로 접근하는 루트는 확실하게 알았으니, 내용을 확인해 보는 게 좋겠지."

"좋아. 조금 더 접근해 보자."

"그렇게 하지."

"내가 앞장설게. 아무래도 잔챙이가 꼬이면 가장 먼저 처리하기에는 내가 좋으니까."

나는 고개를 끄덕였다.

위험할 것 같아서 그녀를 앞장세우는 것이 아니라, 만약의 상황에 기민하게 대처하기 위함이다. 누군가에게 우리의 모습을 보이게 된다면, 마법으로 목숨을 끊는 것은 동네방네 위치를 소문내고 다니는 것과 같다.

크리스티나가 쥐도 새도 모르게 숨통을 끊는 것이 여러모로 편했다.

*   *   *

부지런히 움직이며 우리는 산적들에 대한 파악을 끝냈다.

규모는 200명 정도로 많지 않았다. 이 정도 규모밖에 안 되는 산적임에도 불구하고 영지군이 패퇴한 이유는 단 하나, 지형지물을 이용한 집요한 게릴라전에 속수무책으로 당했기 때문이다.

영지군이라고 해서 중무장한 기사단에 다수의 전력이 편성되는 것만은 아니라서, 경우에 따라선 이제 갓 훈련병으로 입단한 신참들이 전장으로 가는 일도 허다했다. 혹은 징용된 농민들이 검을 잡는 일도 종종 있었다.

현재 이드론 영지의 실정이 딱 그러했다.

제도(帝都)에서 꽤 멀리 떨어져 있는 이드론 영지는 말이 좋아서 영지지, 사실상 규모가 조금 큰 몇 개의 마을이 뭉친 정도에 불과했다.

당연히 영지군의 규모도 그 정도다. 그러다 보니 편성할 수 있는 정규군의 수도 1천을 넘기기 힘들고 그중에 팔 할 이상 이 신병이나 훈련을 제대로 받지 않는 비정규군이었다. 싸움 이 될 리 없는 것이다.

산채를 살피니 놈들의 두목으로 보이는 녀석도 보였다. 영 지군과의 전투에서 승리해서인지, 그들은 언제 비가 와도 이 상하지 않을 흐릿한 날씨에도 불구하고 술판을 벌이며 승리 의 기쁨을 만끽하는 모습이었다.

"레논. 어떻게 할까?"

크리스티나가 단검에 묻어 있는 붉은 피를 손수건으로 슥 슥 닦아내며 내게 물었다.

같은 나이 대의 여자들이었다면 피만 봐도 까무러쳤을 테 지만, 그녀는 이런 일이 익숙한 듯 표정에 아무런 변화도 없 었다.

크리스티나는 선택권을 내게 주었다. 내 의견을 존중하겠 다는 뜻이거나, 내 명령을 따르겠다는 뜻이다. 나에 대한 신 뢰가 있는 것이다.

이 시대의 전투라는 건 꽤나 단순해서 대장급의 우두머리가 죽으면 전투의 판세가 쉽게 갈라진다. 수하들의 사기가 크게 꺾이고 마는 것이다.

이런 산적 떼들은 그런 경향이 더욱 강해서, 두목이나 부두목쯤 되는 놈을 제거하면 대부분 백기 투항하는 일이 많았다.

두목의 원수를 갚겠다느니, 모두 죽을 각오로 싸우겠다느니 하는 것은 오랜 기간 끈끈하게 전우애를 다져 온 조직에서나 가능했다.

그 대표적인 것이 바로 지우드 패거리다.

나는 다시 한 번 산채의 광경을 살폈다.

모두가 승리의 기쁨을 만끽하고 고기와 술에 취해 점점 느슨해져 가고 있는 모습이다.

경계를 서고 있는 몇몇 산적이 보이지만, 이미 시선은 술판에 팔려 있었다. 빨리 다음 순번과 교대하고 자신들도 술판에 끼고 싶어 하는 기색이 역력해 보인다.

"충분히 잡을 수 있을 것 같다. 가자."

"아까와 같은 포지션으로?"

"그게 좋겠지. 저놈이 두목일 거야. 저놈을 노리자."

"알겠어."

크리스티나가 고개를 끄덕였다. 그리고 말이 끝나기가 무섭게 수풀 사이로 빠르게 사라졌다.

그녀는 내 시야에서는 사라졌지만, 나와 일정한 거리를 두고 이동하며 내 움직임에 맞춰 보조할 것이다.

이미 앞서 크리스티나와 호흡을 맞춰본 만큼, 나 역시도 그녀를 믿고 있었다.

그리고.

나는 산길을 따라 천천히 산채 앞으로 이동하기 시작했다. 모든 이들의 관심을 한 몸에 받을 시간이다.

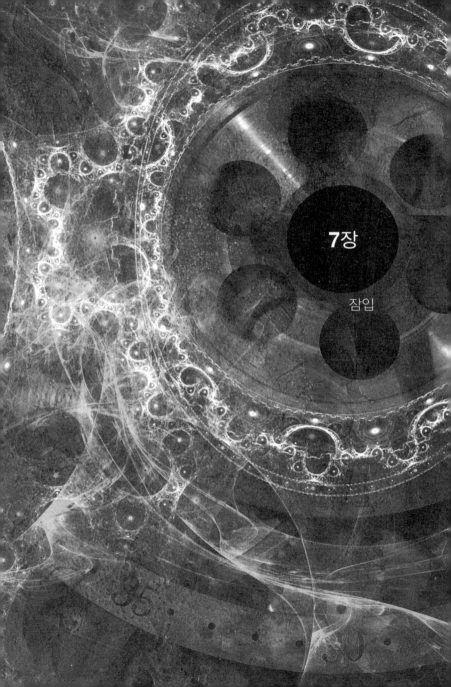

7장

잠입

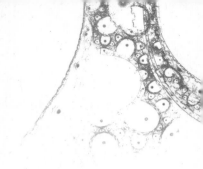

이틀 후.

우리는 롱 아일랜드로 들어가기 위한 배를 타기 위해 흑해의 위치한 항구들 중 하나인 세렌 항구에 와 있었다.

이틀 전, 레인테인 산에서 있었던 나와 크리스티나의 전투는 성공적이었다.

나는 공격적으로 산적들의 산채를 휘젓고 다니며 완벽하게 시선을 끌었고, 그 사이 산적 두목의 목숨을 거뒀다.

내가 예상했던 대로 대장을 잃은 산적들은 사기를 잃고 뿔뿔이 흩어졌다.

몇몇 산적은 두목의 복수를 하겠다며 나와 크리스티나를 향해 달려들었지만 손에 든 무기 정도로 나를 상대하는 것은 불가능한 일이었다.

녀석들이 집요하게 달라붙는 만큼 나는 거리를 벌려 마법 공격을 쉴 새 없이 퍼부었고, 여기저기서 불덩이가 되거나 넝마가 된 산적들이 쓰러져 나갔다.

크리스티나는 산적들 사이를 빠르게 파고들며 계속된 공격으로 빈사 상태가 된 산적들의 목숨을 쉽게 거뒀다.

우리는 그곳에서 롱 아일랜드로 들어갈 때 쓸 법한 몇 개의 물건을 얻었다. 그중 하나가 통행증이었다. 지우드와 연관이 있는 조직에 소속된 것임을 알리는 일종의 증표 같은 것이었는데, 이게 있고 없고의 차이는 컸다.

예정에도 없던 여정이었기 때문에 나도 지우드에 대해서는 잘 알지 못했다. 과거의 삶에서 지우드는 나와 엮일 일이 없었던 사람이었다.

어떻게 살든 내가 깨어난 지 7년쯤 되던 해에는 어김없이 그가 병사했다는 소식이 들렸다. 그래서 그에 대한 소문이라든가 소식들을 전해 듣긴 했지만, 직접 대면하거나 지금처럼 본거지에 잠입할 일은 없었던 것이다.

때문에 이번만큼은 나도 사전 정보가 부족했다. 이런 증표가 존재했다는 사실도 테노스를 통해 처음 알았다.

어쨌든 정탐을 넘어서 잠입, 암살은 성공적이었다. 동료들도 초장부터 화끈하게 전투로 신고식을 치른 나와 크리스티나의 활약을 반기는 눈치였다.

크리스티나는 전투가 끝나고 다시 흑해로 이동하게 되자 벗어놨던 로브를 다시 걸치고 이동했다.

나와 거의 비슷한 복장으로.

나와 산행을 할 때만 해도 덥다며 로브를 풀어헤쳤던 그녀였지만, 사람들이 모이자 언제 그랬냐는 듯이 몸을 꽁꽁 싸맨 복장으로 돌아온 것이다.

그렇게 우리 용병단 일행은 세렌 항구에 위치한 여관 하나에 다시 짐을 풀고, 롱 아일랜드로 들어가기 위한 배를 구하는 중이었다.

지우드의 영향권 안에 있는 항구라 그런지 분위기는 썩 좋지 않았다.

영지에 소속된 해군의 관리를 받고 있었다면 질서정연하게 관리가 되는 모습이 보였겠지만, 오래전에 영지군들이 쫓겨나다시피 빠져나간 상황이라 관리하고 있는 자들도 모두 지우드의 부하들이었다.

그러다 보니 가장 많이 횡행하고 있는 것이 뒷돈 거래였다.

부하들은 세렌 항구에 배를 정박시키는 대가로 정박세를

걸었는데, 그 액수를 자신이 챙기는 대신 장부를 조작하여 배가 정박한 기록조차 없도록 만들었다.

이 정도는 약과였다.

때론 상단의 구성원과 짜고 세렌 항구에 정박한 상선의 선내 창고에서 몰래 물건을 빼돌려 파는 일도 있었다.

그리고 이것이 문제가 되면 상단주를 은밀히 암살해 버리거나 다양한 이유를 붙여 체포한 뒤 감금했다.

이런 식이라 세렌 항구의 분위기는 험악했다.

로브를 입은 복장이야 그렇다 치더라도, 갑주를 걸치고 있다거나 대놓고 무장을 하고 있으면 시선을 끌기에는 딱이었다.

그러다 보니 용병단의 구성원들 모두 평복 차림을 한 채 장사꾼으로 위장하고는 여관에 머물고 있었다.

"드디어 흑해로군."

"테니, 한두 번 와본 곳은 아니잖아요?"

"한두 번 와본 곳이지. 바닷가까지 의뢰를 나올 일이 없으니까. 에일리는 다른 모양이지?"

"나야 뭐, 여행을 좋아하잖아요. 옛날에 흑해에 자주 놀러왔었죠. 그때는 지우드 같은 해적도 없었고. 그리고 나랑도 갔었으면서……."

"허허, 그랬나?"

여관에서 가장 큰 방을 빌려 짐을 풀고 난 뒤, 방 안에 딸려 있는 작은 방에 모두가 모였다.

먼저 말문을 연 것은 테노스와 에일리였다.

에일리가 잊고 있었던 과거의 이야기를 꺼내자 테노스가 능청스럽게 에일리의 말을 넘겨받았다.

총 아홉 명의 구성원.

테노스와 에일리, 알렉세이와 클라크, 그리고 나와 아론과 크리스티나. 그리고 여기에 두 사람이 더 있다.

루이스와 카렌이다.

두 사람 역시 검사였는데, 말수가 없기로는 둘째가라면 서러울 사람들이라 정말 말문을 여는 일이 거의 없었다. 동시에 서로가 라이벌 관계이기도 했다.

보기 드문 쌍검술을 구사하는 검사가, 그것도 같은 용병단에 소속되어 있었기 때문이다.

지금은 서로에게 묘한 라이벌 의식을 느끼며 견제하는 관계로 서로를 대하고 있지만, 이후 서로에게 마음을 열게 되면서 나중에는 둘도 없는 벗이 되는 두 사람이기도 했다.

어쨌든 이렇게 총 아홉 명이 모인 자리.

테노스는 준비해 왔던 지도 하나를 모두가 볼 수 있도록 한가운데에 펼쳐 놓았다. 편한 옷차림으로 대충 편하게 앉은 우리는 테노스의 손길을 따라 이어지는 설명을 경청했다.

"레논과 크리스티나가 통행증을 입수한 덕분에 롱 아일랜드로 들어가는 절차가 수월해졌다. 우리는 적당히 식료품들을 사서, 롱 아일랜드에 이것들을 공급하기 위해 온 상인들인 것처럼 위장을 할 거다. 통행증이 있으니 연계된 상단이라고 생각하고 어렵지 않게 들여보내 줄 거야."

"레인테인 산에서의 일을 모를까요?"

"그 정도 규모의 산적들이 고가의 통신석을 가지고 있을 리는 없어. 통신석이 있었다면 세렌 항구에 들어오기 전 우리가 통행증을 보여줬을 때 이미 발각이 됐겠지."

"하긴, 그렇군요."

의문점을 제기하려던 아론은 테노스의 설명에 바로 고개를 끄덕였다.

아론은 수긍이 빠르다.

통신석은 말 그대로 원거리에서 연락이 가능하게 해주는 일종의 마나석이다. 현대로 비유하자면 휴대폰과도 같은 것인데, 다량의 마나를 소모해서 대화를 나눌 수 있게 한다.

통신석이 소모성인 데다가 워낙에 많은 양의 마나를 단숨에 소모하다 보니 최상급의 통신석으로도 열 번 정도의 대화를 나누면 끝이 났다.

하급의 통신석은 무전처럼 일방적으로 통보하듯 말을 하면 사용 종료였다.

그러다 보니 타국과의 접경지대에 주둔하고 있는 전력 정도가 아니면 통신석을 보급받는 일은 정규군 사이에도 없었다.

　하물며 일개 산적이 이런 통신석을 가지고 있을 리는 없다.

　물론 지우드 정도라면 이야기가 다를 수 있다. 휘하에 꽤나 실력 있는 마법사들도 있으니까. 하지만 그 산적들은 단언컨대 아니었다.

　"그냥 상륙해서 쓸어버리면 되지 않겠습니까?"

　"나는 네가 그런 말을 할 때마다, 네 머릿속을 쓸어버리고 싶어. 어떻게 하면 생각이 단세포처럼 나오냐?"

　알렉세이의 말에 클라크가 가시 돋친 말을 서슴없이 그에게 내뱉었다. 그러자 옆에 있던 크리스티나가 큭큭 하고 웃음을 흘렸다.

　"쓸어버리면야 좋지. 대신에 섬 안에 있는 모든 지우드의 세력이 적이 된다는 게 문제지. 잊지 마. 우리의 목적은 주마야 공작의 차남 헤스키를 구출하는 일이야. 목적을 달성하면 미련 없이 빠져나온다. 우리 개개인의 실력이 강하다고는 해도, 지우드의 부하들 역시 마찬가지다. 그중에는 용병단에 소속되어 있었던 녀석들도 꽤 있어. 현역들이 많다는 이야기다."

　테노스가 알렉세이와 클라크 사이를 조율했다.

테노스는 목적의식이 확실하고 필요 이상의 욕심을 내지 않는 사람이다. 그는 이번 의뢰의 목적이 무엇인지 확실하게 상기시켜 주었다.

"이 통행증을 이용하면 롱 아일랜드 안으로 들어가는 첫 번째 관문은 어렵지 않게 통과할 수 있지. 그리고 아마 관리 감독을 받는 가운데 섬 중앙으로 이동하게 될 거다. 놈들의 본거지인 그곳에 도착하기 전에 우리를 감시하는 녀석들을 제거하고, 은밀히 본거지 안으로 잠입해서 헤스키 공자를 찾으면 된다."

"그 다음은 어떻게 됩니까?"

"항구에서 미리 배를 구해 놓을 거야. 롱 아일랜드의 서쪽 샛길을 따라 빠져나온 뒤, 다른 항로로 빠져나간다. 그러면 된다."

내 질문에 테노스는 준비해 두었던 계획을 남김없이 말해 주었다.

이렇게 해적이나 산적과 같은 세력들의 가장 큰 약점은 돈이다. 그들이나 혹은 그들에 연계된 사람들이나 돈이 가져다주는 유혹에 매우 약하다.

테노스가 탈출을 위해 구했을 배의 선주도 마찬가지일 것이다. 돈만 쥐어주면 얼마든지 협력할 준비가 되어 있는 사람들.

그것이 세렌 항구와 같이 지우드의 영향권 내에 있는 사람들이 가지는 일반적인 특성이었다.

"좀 더 자세한 역할 분담을 하지. 자, 그럼……."

테노스가 다시 말을 이어나가기 시작했다.

항상 주도면밀하게 계획을 세우고 다음, 그 다음을 준비하는 테노스였다.

그렇게 한 시간에 가까운 브리핑이 이어지고, 용병단의 구성원들은 모두 각자 주어진 역할에 대한 숙지를 마쳤다.

그 길로 시내로 나가 위장용 판매 물품으로 쓸 만한 곡식과 이를 운반하기 위한 수레들을 구매하고 별도로 수레의 일부를 손봐 그 안에 무기를 숨겼다.

장사꾼들에게도 호신용 단검 정도는 허용이 되지만, 테노스나 알렉세이처럼 장창이나 장검을 들고 다니는 사람이 있다면 의심을 받기에 더할 나위 없이 좋기 때문이다.

준비는 신속하게 끝났다.

그리고 해가 서쪽으로 반 이상 넘어갔을 무렵, 우리는 세렌 항구로 이동했다.

이제 해적들의 소굴, 롱 아일랜드로 들어갈 시간이었다.

*　　　*　　　*

촤르륵— 촤르륵—

물살을 가르며 배가 빠르게 움직였다.

배 한쪽에 자리를 잡고 앉은 일행은 각자 시시콜콜한 잡담을 주고받는 모습이었다. 세상 사는 이야기, 최근 상단의 동향과 같은… 장사꾼들이 충분히 나눌 법한 내용의 대화들이었다.

크리스티나는 배가 체질에 맞는지, 갑판 한쪽의 기둥에 몸을 기댄 채로 곤히 잠에 빠진 모습이었다.

나는 탁 트인 흑해가 한눈에 들어오는 선수(船首) 언저리에서 잠시 생각에 잠겨 있었다.

변수의 인과관계 때문이었다.

보통 변수가 등장하는 데에는 그 이유가 있다. 앞서 내가 했던 어떤 행동이나 결과물이 예전과 달라, 그 이후의 미래에 영향을 미치는 경우다.

쉽게 예를 들자면 만드라고라가 있을 것이다.

지금으로부터 약 1년 반 정도의 시간이 지나면 카터는 상단 운영을 하던 도중에 휴식 삼아 떠난 약초행에서 만드라고라를 발견한다.

과거에도 유사한 시점에 발견을 했었다.

하지만 그 전에 카터가 죽는다면? 만드라고라는 발견되지 않을 것이고, 어쩌면 다른 누군가의 손에 진귀한 영약이 들어가게 될 지도 모른다.

그리고 그 '누군가가' 만드라고라를 먹게 된다면, 내가 아닌 그가 천년 묵은 영약의 힘을 온전히 가지게 될 터다.

이렇게 되면 이후의 미래는 완벽하게 달라진다.

내게 일어났어야 할 변화가 사라졌기 때문이다.

하지만 크리스티나는 아무리 생각해도 인과 관계를 따져 볼 수가 없었다. 그녀는 이스티 대륙에서 왔다고 했고, 나는 이스티 대륙에 어떤 영향을 줄 만한 일도 하지 않았다. 아직 그 정도의 스케일은 아닌 것이다.

나는 세 가지 가설을 세울 수 있었다.

첫째, 정말 단순변수일 경우.

우연히 이번 100번째 삶에서 그녀라는 존재가 튀어나왔을 경우다.

둘째, 인간 세계에 유희를 위해 폴리모프로 본신을 숨긴 채 나타난 드래곤이었을 경우.

이 경우 완벽하게 단순변수로 보기는 힘들다. 드래곤 중 일부는 때때로 시공을 뛰어넘는 직관력을 가진 경우도 종종 있다. 어쩌면 내 존재에 대해 어렴풋이나마 짐작을 하는 드래곤도 있을지 모른다.

셋째, 가장 생각하기 싫은 경우이지만 바로 '그' 가 크리스티나의 모습으로 나타났을 경우다.

매번 내가 죽음을 경험하고 나타났을 때마다 조롱 섞인 말과 비웃음을 흘리며, 좀 더 강해져서 돌아오라 말하던 그. 그가 바로 크리스티나의 모습으로 나타난 것일지도 모른다는 생각이 든 것이다.

셋째는 정말 생각만 해도 끔찍한 일이었다. 여자의 모습을 한 남자—그의 성별을 직접 확인한 적은 없지만 그 목소리에 그 몸이라면 남자여야만 한다—는 내가 가장 싫어하는 모습이기도 했다.

＊　　　＊　　　＊

"레논."

"예?"

"바다는 처음인가? 처음치고는 뱃멀미는 하지 않는 것 같은데. 혼자서 선수에서 뭘 하고 있는 거야?"

"그냥 잠시 생각에 잠겨 있었습니다. 좀 더 효과적으로 마법을 운용할 수 있는 최적화된 방법이 없을까 했습니다."

내가 이런저런 생각에 잠겨 있는 사이, 뒤에서 한 남자가 말을 걸어왔다. 테노스였다.

혹시나 하는 마음에 챙겨보지 못했던 테노스의 왼쪽 손가락을 보니 반지가 빠져 있었다.

원래 테노스는 카트리나에게 사랑의 표시로 받은 반지를 항상 끼고 다녔다. 하지만 그녀와 헤어진 것으로 '알려진' 이후, 반지를 자연스럽게 빼버렸다.

물론, 나는 여전히 그와 카트리나가 휴식기에 몰래 아무도 모르는 곳으로 밀월여행을 떠난다는 것을 잘 알고 있다. 나만 아는 사실이지만 말이다.

"떨리진 않고?"

"괜찮습니다. 용병단의 생활이 안전하고 평범한 것이었다면, 도전하지 않았을지도 모르죠."

"왜 우리 용병단을 선택했지? 이름 있는 용병단은 충분히 많아. 카트리나 용병단에서도 마법사를 적극적으로 구하고 있고 말이야. 아론에게 얘기를 들어보니 이미 아론과 만났을 때 우리 용병단으로 오고 있었던 길이라고 하던데. 그쪽은 우리가 별도로 공고하지도 않았던 곳이야."

"오래전부터 마음에 두고 있었습니다. 특히 단장님에 대한 소문을 익히 들어왔고요. 그래서 언제고 준비가 되면 움직여야겠다고 생각했고, 마침 그 과정에서 아론 님을 만나게 된 겁니다."

"아론을 거의 유린하듯이 상대했다던데. 아론이 칭찬을 아끼지 않을 정도면 그 실력은 두말할 나위가 없지."

"운이 좋았을 뿐입니다."

"후후, 그건 잘못된 겸손이야. 모든 것은 실력이지, 운은 없어."

나를 바라보는 테노스의 눈빛에서는 기대가 느껴졌다.

나 역시 그에 대해 많은 기대를 하고 있다. 그가 가지고 있는 폭넓은 인맥은 앞으로 내게 중요하다.

특히나 정재계에 많은 연줄을 가지고 있는 테노스는 이후에 내게 많은 부분에서 중간 지점을 잇는 가교 역할을 해줄 것이다.

동시에 용병단의 단장이자 동료로서 부족함이 없는 강한 힘을 보여줄 터다.

"정말 천군만마를 얻은 느낌이야. 마법사는 모든 용병단에서 탐을 내는 인재거든. 대다수의 마법사들은 안정적으로 교육을 받으면서 앞길이 훤히 열려 있는 아카데미에 들어가기를 바라지. 아카데미에 들어가서 연줄만 잘 잡으면 출세가도를 달리는 게 어렵지 않으니까."

"알고 있습니다. 다만 저는 그럴 여건이 안 될뿐더러, 그럴 생각도 없었습니다."

"그래서 더 대단하다는 거지. 평민 그리고 마법사. 이 두 단어의 조합이 얼마나 생소한지는 레논 네가 가장 잘 알겠지. 게다가 얼마나 사람들의 가슴을 설레게 하는지도. 아울러 내가 네게 가장 최우선적으로 목표를 삼게 해줄 것이 무엇인지도 말이야."

"물론입니다."

테노스의 말에서는 나를 배려하는 느낌이 강하게 느껴졌다.

그는 에둘러 말했을 뿐, 중요한 이야기를 꺼내놓은 상황이었다.

귀족 신분을 얻는 것에 대한 이야기를 하고 있는 것이다.

평민 출신인 마법사는 있어도, 평민인 마법사는 없다. 결국 제국의 주류로 편입되려면 귀족 신분은 필수라는 이야기다.

뿐만 아니라 다른 용병단과의 연계에도 이왕이면 내가 평민 신분인 것보다는 귀족 신분인 것이 교통정리를 하기에는 좋았다.

이따금씩 아론 같은 귀족 출신의 용병도 볼 수 있는데, 그중 자신이 평민인 '누구' 보다 약하다는 사실을 대단히 불쾌하게 여기거나, 심지어는 파트너쉽에 영향을 미칠 정도로 기분 나쁘게 대응할 때가 있기 때문이다.

평민, 그리고 마법사라는 말이 가슴을 설레게 한다는 것은 바로 메디우스를 두고 하는 말이다.

그는 살아 있는 마법사의 성공 신화이자, 전설과도 같았다.

테노스 역시 메디우스를 모를 리 없기에 그의 이야기를 하고 있는 것이다.

"열심히 의뢰를 하나하나 수행해 나가면서 필요한 전공을 쌓아보자고. 요즘은 많이 느슨해졌어. 용병단 쪽을 통하면 아무래도 전공을 쌓기가 좋지. 내가 확실하게 뒤를 봐줄 테니, 능력 발휘만 제대로 해봐. 용병은 다른 것은 다 필요 없어, 실력으로 인정받는 거야."

"알겠습니다. 명심하겠습니다."

나는 테노스의 앞에서는 철저히 신참이자 휘하의 용병단원으로서의 자세에 충실했다.

그동안 살아온 수많은 환생의 삶은 오로지 내게만 존재하는 기억이다.

그 기억을 아우르면 사실 내게는 테노스도 결국 어린아이처럼 보일 수밖에 없다.

하지만 그 기억들을 떠올리며 테노스를 만만하게 대한다거나 네가 무슨 생각을 다 할지 알고 있다는 식으로 움직이는 것은 도움이 될 리 없는 것이다.

"워낙에 눈에 불을 켠 놈들이라, 아군으로 판단되는 상선을 기습하는 일도 종종 있다고 하더군. 뱃길이 좀 돌아가게 될 거야. 저기 크리스티나처럼 쉬는 것도 나쁘진 않아. 롱 아일랜드 안으로 들어가면 그땐 정말 부지런히 움직여야 할 테니."

"알겠습니다."

"알겠습니다, 명심하겠습니다, 그렇습니다, 같은 말만 반복하지 말고 편하게 잡담도 섞어가면서 해. 농담도 얼마든지 괜찮아. 날 어렵게 생각하지 마라. 나, 어려운 남자 아니다. 후후후."

"하하하."

테노스가 휙 던진 농담에 나는 미소를 지어 보였다.

테노스는 저렇게 실없는 개그를 자주 하는 사람이다. 한 10년 전의 유행어를 이제 와서 말하는 느낌이랄까?

확실히 패션이나 화술에서는 부족한 점이 많은 사람이다.

다만 무인(武人)으로서는 존경할 점이 많은 사람이었다.

그는 용병들이라면 거의 필수에 가깝다 싶을 정도로 하는 술, 담배나 유흥가 출입을 절대 하지 않았다. 그에게 있어 여자는 카트리나가 전부였고, 기호식품은 커피 외에는 손도 대지 않았다.

전형적인 군인의 모습이다.

*   *   *

롱 아일랜드로 배가 계속해서 향하는 동안, 나는 섬에 들어간 이후에 짜여진 테노스의 계획을 다시 한 번 복기했다.

먼저 아홉 명의 인원은 세 개의 조로 나뉜다.

첫 번째 조는 침투조다. 말 그대로 최대한 은밀하게 지우드의 부관인 시몬이 주둔하고 있는 본거지 안으로 잠입하여, 헤스키가 갇혀 있을 감옥을 찾는 것이다.

보통 인질들을 관리하기 편하도록 사령부 근처에 감옥을 두기 때문에, 사령부만 찾으면 헤스키를 찾는 일은 어렵지 않아 보였다. 문제는 탈출이다. 어떻게 인질을 구출해 내어 빠져나가느냐가 계획의 핵심이었다.

침투조에는 나와 크리스티나, 테노스와 에일리가 편성됐다. 검사를 제외한 모든 전력이었다.

그 다음은 유인조다. 우리가 헤스키를 구출할 시점에 맞춰 의도적으로 소란을 일으켜 해적들의 시선을 이끌어 줄 역할이 필요했기 때문이다. 나머지 중에서 아론을 제외한 네 사람이 이에 해당됐다.

마지막이 바로 아론이 배정된 안내조였다.

어렸을 적에 롱 아일랜드에서 몇 달을 보냈던 적이 있는 아론은 일행 중에서 가장 주변 지형에 밝았다.

아론의 역할은 헤스키를 구출해서 나올 침투조를 안내하여 지름길을 통해 서쪽으로 가는 한편, 추격해 올 녀석들을 따돌리기 위해 불규칙적으로 동선에 변화를 주는 역할이었다.

침투조의 움직임도 중요하지만, 유인조가 얼마나 확실하게 관심을 끌어주느냐가 중요하다. 그리고 적당히 관심을 끌었으면 빠르게 빠져나가야 한다.

이번에 각자 맡은 임무들은 경중을 논하는 게 무의미했다. 모두의 손발이 잘 맞아야 하기 때문이다.

그래서 신참인 나와 크리스티나가 배정된 침투조에 단장인 테노스가 직접 붙고, 그와 가장 호흡을 오래 맞춘 에일리가 붙은 것이다.

수평선 너머로 어렴풋이 보이던 롱 아일랜드가 어느새 윤곽이 확실하게 보일 정도로 가까워져 있었다.

스윽스윽.

잠깐의 여유가 있었기 때문일까? 나도 모르게 습관적으로 아이거의 다크 링을 어루만졌다.

한가로울 때면 내가 습관처럼 하던 행동이었다. 이렇게 반지를 어루만지고 있으면, 아이거가 말을 걸어오곤 하기 때문이다.

하지만 아직 아이거에게서는 아무런 말도 들리지 않았다.

그날의 일로 토라진 감정이 아직도 풀리지 않은 모양이다.

나는 다크 링에서 손을 떼지 않으며 이번 일을 생각했다.

지금까지 모든 것이 내 예상 범주에서 일이 진행되어 왔지만 이번만큼은 아니다. 그래서 그런지 긴장도 됐고, 한편으로는 기대도 됐다.

크리스티나에 대한 의문. 이 의문은 아마 앞으로도 당분간은 쉽게 풀리지 않을 것 같았다. 그저 그녀를 계속 주시하며 지켜볼 뿐이다.

지나친 색안경은 배제한 채.

8장

롱 아일랜드

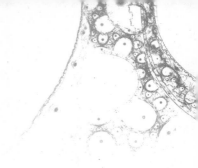

"자아, 물건들 조심히 내리고! 다들 미리 들었겠지만, 안내된 경로를 이탈하면 어떻게 되는지 다들 알지? 명심하고 물건 잘 가져다주고, 제값들 챙겨서 가라고!"

롱 아일랜드 남쪽에 위치한 항구에 도착하자 칙칙한 섬 전체의 무거운 기운이 코끝을 확 파고들었다.

항구 초입에는 저마다 다양한 문신을 새겨 넣은 채, 칼자루를 보란 듯이 움켜쥐고 있는 해적들이 자리를 잡고 있었다. 그들은 매서운 눈빛으로 하역 작업을 하고 있는 상단의 사람들을 지켜보고 있었다.

"생각보다 많지 않아?"

물건을 나르며, 크리스티나가 내게 살짝 말을 건넸다.

확실히 많다.

해적들 중 한 무리가 우리가 위장한 상단의 이름인 '엘라이 상단'이 적힌 팻말을 들고 있었다. 그 수가 열다섯이었다. 아홉 명의 상단원을 인솔하고 움직이는데, 곱절에 가까운 인원을 배정한 것이다.

얼마나 외부인의 출입에 깐깐한지 알 수 있는 대목이었다.

"어쩔 수 없지. 중간에 전부 처리할 수밖에."

나는 해적들의 면면을 파악했다. 전부다 험상궂은 표정으로 노려보고는 있었어도, 결국 검이나 도끼 따위의 무기에 의지한 오합지졸일 뿐이었다. 핵심전력들을 상단 감시에 붙이지는 않았을 것이다.

항구의 광경에 겁을 잔뜩 집어먹은 다른 상인들은 고개도 제대로 들지 못한 채, 바닥만 쳐다보며 이동하는 모습이었다.

하역 작업은 빠르게 끝났다.

그리고 열다섯 해적의 안내와 감시 속에 롱 아일랜드 중심으로 향하는 여정이 시작됐다.

우리는 철저하게 고개를 푹 숙인 채, 그저 숨을 죽이고 뒤를 따라가는 장사꾼의 시늉을 했다.

그래서인지 해적들은 휘파람을 불거나, 혹은 우리를 바라보며 킬킬거리고는 질서 없이 흩어져 산길을 따라 이동하고 있었다.

하지만 나를 포함한 일행 전원은 살기를 가득 머금은 두 눈으로 녀석들의 뒤를 노려보고 있었다.

놈들의 이용 가치가 사라지면, 녀석들의 목 역시 주인을 잃고 사라지게 될 것이다.

*　　　*　　　*

"이봐, 엘라이! 너희 상단에서는 곡식 말고 다른 것들은 안 파나? 이를테면 여자 같은 것 말이야, 클클클. 아주 야들야들한 맛이 날 것 같은 그런 여자 말이지, 하하하!"

"으핫핫! 그저께 진탕 그렇게 놀아놓고 또 여자 생각이 나십니까, 형님?"

"하하하, 아직은 저희가 손을 대지 않고 있습니다만… 조만간 괜찮은 포주들 몇몇에 연줄을 돌려서, 앞으로는 장사를 그렇게 확장해 볼까 생각하고 있습니다. 그래야 저희도 더 큰 돈을 벌 수 있겠지요."

"그렇지, 그렇지. 가장 많이 남는 게 물장사, 여자 장사거든. 그걸 명심해야 해. 돈이야 널린 게 우리들이니 말이야, 핫핫!"

열다섯의 해적 무리 중, 대장으로 보이는 남자는 연신 테노스에게 이런저런 말을 걸으며 웃음을 터뜨렸다.

테노스는 넉살 좋은 웃음과 함께 그의 말을 받아주는 모습이었다.

우리 일행 중에는 두 명의 여자가 있었지만 해적들은 모르는 눈치였다.

에일리의 경우 워낙에 중성적인 이미지가 강한데다가, 적당히 수염까지 붙여 변장을 하니 소년에 가까운 느낌이 났던 것이다.

문제는 크리스티나였다.

로브를 둘러쓴 덕분에 크게 드러나지는 않았지만, 에일리에 비해 볼륨감이 있는 가슴이 문제였다.

출발하기 전에 분장을 하면서 가슴에 압박 붕대를 몇 번이나 둘렀다고 했는데, 그것으로도 볼륨감이 전부 숨겨지지는 않는 듯했다.

하지만 테노스와 아론이 선두에서 해적들을 상대하며 말동무가 되어준 덕분에 시선이 뒤로 쏠리지는 않고 있었고, 그래서 해적들은 별다른 의심 없이 우리를 본거지 방향으로 안내하고 있었다.

거의 한 시간에 가까운 이동이 계속됐다.

이동하는 동안 아론은 몇 번이고 뒤를 바라보며 고개를 저었다.

부정적인 의미가 아니라, 해적들이 기존의 루트가 아닌 돌아가는 길로 우회하고 있다는 표시였다.

이유는 간단했다.

해적들이 우리를 믿지 않는 것이다. 아니, 그들은 자신들을 제외하면 누구도 믿지 않는 것이다.

메인 루트로 쓰는 길은 따로 있고, 우리와 같이 외부인들을 안내하는 길이 따로 있는 셈이었다.

혹여 본거지로 향하는 길에 대한 정보가 유출되더라도 쉽게 갈 수 없도록 만들어놓은 안배였다.

아마 이 해적들이 자체적으로 머리를 써서 그런 생각을 한 것은 아닐 터다. 머리가 좋기로 소문난 부관 시몬이나 아니면 총사령관인 지우드의 지시에서 비롯된 것일 게 분명했다.

돌아가는 길이다보니 잘 닦인 길이 아니었고, 덕분에 수레를 직접 끌고 움직여야 하는 우리 입장에서는 체력적인 부담이 다소 있었다.

해적들의 노림수처럼 보이기도 했다.

혹시나 다른 마음을 먹더라도 그 전에 체력을 상당히 빼놓아 상대하기가 수월하도록 말이다.

"길이 험하군요. 매번 올 때마다 잘 닦인 대로가 있으면 좋겠다는 생각을 합니다만, 아쉽습니다."

테노스가 살짝 운을 뗐다. 초행길인 이곳이었지만 테노스는 능청스럽게 거래를 위해 몇 번이고 상단행을 해왔던 상단주의 연기를 했다.

"들어올 때는 마음대로여도, 나갈 때는 마음대로일 수가 없는 곳이 바로 롱 아일랜드지. 너희들도 잘 선택하는 게 좋을 거야. 지우드 형님은 자신을 믿고 따르며 신용 있게 거래를 하는 모두를 보듬어주신다. 하지만 배신하거나, 뒤통수를 치려는 놈들에게는 지옥보다도 더한 고통을 선사하시지. 이제 혹해는 형님의 것이야, 너희들도 큰돈을 벌려면 제국에 빌붙어 떨어지는 부스러기나 받아먹을 생각은 버리는 게 좋아. 혹해 인근의 영지들은 거지들만 바글거리는 곳이야. 귀족? 개나 주라그래. 그딴 신분 필요 없어. 돈이 최고거든."

대장은 지우드에 대한 찬양과 동시에 스페디스 제국에 대한 욕을 늘어놓았다.

그들에게 있어 지우드는 단 한 번도 패한 적이 없는 백전불패의 사나이, 바다의 황제, 투신, 불사신 등의 별칭으로 불리는 남자다.

그야말로 신과 같은 존재였다.

"앞으로도 잘 부탁드립니다."

테노스가 마음에도 없는 소리를 했다.

"필요한 물품들만 제때제때 조달을 하면 잘 부탁드릴 것도 없어. 그냥 가지고 오면 다 팔 수 있어. 롱 아일랜드는 거대한 시장과도 같은 곳이란 말이야."

"알겠습니다."

"자자, 좀 더 속도를 내자고! 날이 더 어두워지기 전에! 오늘 저녁에 해야 할 것도 있고……. 흠흠."

대장이 바짓가랑이 사이를 주물럭거리며 헛기침을 두어 번 해댔다. 그러자 옆에 있던 부하들이 킬킬거렸다.

남자라면 충분히 그 목적을 짐작할 수 있을 만한 제스처였다.

에일리는 그런 대장의 행동이 못마땅한 듯, 그의 뒤통수가 뚫어져라 노려보고 있었다.

한 시간의 이동이 더 이어지고.

항구를 떠난 지 두 시간을 훌쩍 넘긴 시간이 될 즈음, 드디어 롱 아일랜드의 중심지가 눈에 들어오기 시작했다. 방금 전까지 끝이 보이지 않는 숲길을 걷는 느낌이었는데, 어느덧 지평선 언저리에서 사람 사는 냄새가 느껴지고 있었다.

"하아아암."

그 순간, 아론이 양팔을 쭉 뻗어 올리며 기지개를 켰다.

순간 적막을 깨는 하품에 해적들의 시선이 잠깐 쏠렸다가 말았지만, 이를 수상하게 생각하는 자들은 없었다.

하지만 이것이 바로 아론의 신호였다. 필요한 장소에 도착했으니, 더 이상 이 해적들의 이용 가치가 없다는 사형선고와도 같은 신호였던 것이다.

시잉! 시이잉!

신호가 떨어지자 모든 구성원이 전광석화와 같이 빠르게 움직였다.

쇄애액! 쇄액!

"으악!"

"크아아아악!"

수레와 위장을 위해 올려놓았던 쌀 포대 사이의 빈틈에서 검을 꺼낸 아론과 알렉세이, 클라크와 루이스 그리고 카렌이 순식간에 각자의 눈앞에 걸린 해적들의 숨통을 끊어버렸다.

동시에 용수철처럼 튕겨져 나간 크리스티나는 입가에 미소를 머금은 채, 품속에 숨겨 놓았던 단도를 미련 없이 해적의 뒤통수 한가운데로 꽂아 넣었다.

화르르륵! 화르르륵!

"아아아악! 부, 부, 불이!"

나는 가장 가시적으로 큰 위협이 되면서, 동시에 전의를 상실하게 만들 수 있는 파이어 볼 공격을 전개했다. 마나가 충만하게 실린 파이어 볼의 불꽃은 지면에 몸을 비벼댄다고 해서 사라지는 게 아니었다. 옷감이나 천 따위를 재료로 삼아 타오르는 게 아니라, 마나가 연료이기 때문이다.

하지만 이를 알 리 없는 해적은 냅다 바닥에 몸을 내던져 비벼댔다. 일단 급한 불이라도 끌 생각에서였다.

하지만 의미 없는 행동이었다.

빠악!

"껵!"

어디선가 묵직한 각목 하나를 구해온 테노스는 지면 위에서 버둥거리고 있는 해적의 얼굴 한가운데에 각목을 그대로 내려쳤다.

아홉이 열다섯을 상대하는 상황. 하지만 신호가 떨어지는 순간 열다섯은 순식간에 여섯이 됐다.

각자 맡은 바 한 놈씩을 바로 처리한 것이다.

졸지에 전황은 9 대 6이 됐고, 열세는 우세로 바뀌었다.

"하……."

방금 전까지 대장을 등에 업고 기세등등하던 해적들의 표정이 절망으로 바뀌었다.

불과 몇 초 전까지만 해도 시끄럽게 이야기를 늘어놓던 대장은 어느새 싸늘한 시체가 된 채로 바닥에 널브러져 있었다.

"제발 목숨만은……."

이내 해적들의 비굴한 목숨 구걸이 이어졌다.

테노스의 표정에는 아무런 변화도 없었다. 그리고…….

"흔적은 없애는 게 좋지. 잠깐이면 충분해. 처리한다."

"옛."

말이 끝나기가 무섭게 모두가 신속하게 움직였다.

나는 헤이스트 마법을 이용해 도망치려는 해적들을 가로질러 그들의 앞길을 가로막았다.

진퇴양난의 상황. 어디로 가야 할지 몰라 우물쭈물하는 사이, 해적들은 모두 목 없는 귀신이 되고 말았다. 상황이 순식간에 정리된 것이다.

계획한대로 모두를 처리한 우리는 빠르게 시신들을 수습해서는 시선이 닿지 않는 산비탈 길 아래에 묻어두었다. 전투 과정에서 여기저기에 피가 튀어 더럽혀진 옷가지들 역시 모두 버렸고, 미리 쌀 포대 안에 함께 준비해 왔던 새 옷으로 갈아입었다. 그러자 아무 일도 없었던 것처럼 깨끗한 복장이 되었다.

*   *   *

귀찮았던 녀석들을 처리하고 나자 이동에도 다시 속도가 붙었다.

아론은 우선적으로 대열을 이탈하여 이후 탈출 경로로 쓰일 서쪽 루트의 안전을 확보하기 위해 떠났다.

서쪽은 산세가 험해 해적들도 잘 이용하지 않는 만큼, 변수가 있을 것 같지는 않아 보였다.

두 개 정도의 오르막길을 거치고 나니 이제 롱 아일랜드의 중심지로 들어서는 내리막길이 보였다.

"여기서 흩어진다. 레논이 신호하기 전까지는 움직이지 않고 상황을 주시하다가, 신호에 맞게 움직인다. 알겠지?"

"예, 알겠습니다."

내리막길로 향하는 초입에서 침투조와 유인조가 나뉘었다. 네 명의 검사는 남았고 나머지 넷이 산길을 따라 돌아가는 형태로 길을 잡았다.

남은 것은 최대한 은밀히 안으로 잠입해서 헤스키를 찾아 나서는 것이었다.

전투 자체는 불가피했다. 때문에 얼마나 신속하고 빠르게 움직일 수 있느냐가 관건이었다.

그동안 용병단에 의뢰를 했을 뿐만 아니라, 주마야 공작이 자체적으로 구출 작전을 위한 팀을 꾸렸음에도 번번이 실패했던 것은 바로 롱 아일랜드의 거대한 규모 때문이었다.

빠져나가는 데 한세월이었고, 그 과정에서 벌어진 크고 작은 전투 속에서 대다수가 죽임을 당했던 것이다. 그중에는 포로가 되어 노예로 팔려간 자들도 있었다.

헤스키를 구출하면 그때부터는 시간 싸움이다.

시간이 지체되면 그만큼 치러야 할 전투가 많아지게 된다.

해적들도 바보는 아니었으니까.

특히나 시몬이 직접 이끄는 정예 친위대들은 모두 실력 있는 마법사와 검사로 이루어져 껄끄러운 자들이었다.

*　　　*　　　*

아무리 경계 검문이 강화되어 있다고는 해도 빈틈은 존재했다.

날이 어두워진 틈을 타, 본거지 안으로 깊숙하게 파고든 우리는 어렵지 않게 사령부가 위치한 장소에 도착할 수 있었다.

예상대로 사령부 옆에는 다수의 인질들을 가둬놓은 감옥이 하나의 마을처럼 구축되어 있었다.

그 안에는 어린 아이부터 시작해서 반반해 보이는 귀족가의 여자들까지, 수많은 사람이 안에 갇힌 채 흐느끼거나 실의에 빠진 모습으로 잠들어 있었다.

"저깁니다."

나는 그 사이에서 헤스키를 발견하고는 그를 가리켰다.

의뢰를 수행하기 위해 출발하기 전, 주마야 공작의 의뢰서와 함께 받은 초상화 속의 헤스키와 똑같은 사람이 보였던 것이다.

이미 넝마가 되다시피 찢겨진 옷, 진흙 범벅이 된 채로 제대로 씻지도 못한 꾀죄죄한 얼굴이었지만 모습은 그대로였다.

"대기한다. 모두 준비해."

테노스가 수풀 사이로 몸을 숨겼다. 그리고 나지막한 목소리로 말을 이었다.

나는 일찌감치 마법을 원활하게 캐스팅할 수 있도록 예열을 마친 상태였고, 크리스티나 역시 양손에 날카로운 단도 두 자루를 움켜쥐고 있었다.

에일리 역시 언제든 활시위에 화살을 메길 수 있도록 준비 태세를 갖춘 모습이었다.

"아직 이쪽은 교대가 없었어. 교대 시간이 가장 느슨해질 시간이지. 그때까지 기다린다."

테노스의 지시에 우리는 숨을 죽인 채, 고개를 끄덕이는 것으로 답을 대신했다.

그리고 그 누구의 눈에도 띄지 않게 태양이 사라진 밤과 수풀이 만들어 낸 어둠 속으로 몸을 숨겼다.

그렇게 기다리기를 약 30분여.

숨소리조차 내지 않은 채로 인내의 시간을 충분히 보내고 난 뒤. 드디어 기다리고 있던 때가 찾아왔다.

"레논, 신호!"

파앗!

테노스의 목소리가 들리자마자 나는 바로 붉은색 광원을 만들어냈다. 라이트 마법이었다. 그리고 지체할 것 없이 바로 하늘 높이 라이트 마법을 전개했다.

헤스키 구출 작전의 시작이었다.

*   *   *

"정문에서 침입자다!"

붉은빛 신호가 최고점에 도착하기도 전에 이미 정문 방향에서 비명 소리가 터져 나왔다.

전광석화와도 같은 움직임.

정문에는 경계와 더불어 다수의 해적들이 경비를 서고 있겠지만, 우리 용병단의 검사들을 상대로 수적 우세는 아무런 의미가 없을 것이다.

"좀 더 대기."

테노스가 손을 뻗어 우리의 움직임을 막았다.

물론 움직인 사람은 아무도 없었다. 테노스가 신호하기 전까지는 그 어느 누구도 이 자리를 이탈하지 않을 것이다.

"무슨 일이야?"

"침입자가 나타난 것 같다."

"지원가야 하는 것 아냐?"

"설마 저기서 못 막을까 봐?"

감옥 근처의 경계를 서고 있던 해적들은 정문 쪽에서 벌어지고 있는 전투를 아직까진 관망하고 있었다. 침입자라고 해봤자 몇 안되는 수의 적일 것이라 생각했기 때문일 터다.

그도 그럴 것이 제국 단위에서 편성된 토벌군이 움직였다면 진작 바다를 건너오는 와중에 정탐선에게 확인됐거나, 항구 외곽에서 경계를 서던 해적들에게 걸렸을 것이기 때문이다.

이미 몇 차례 정규군을 상대로 짜릿한 승리도 경험해 보고, 용기와 투지만 믿고 달려들던 몇몇 용병단의 풋내기들도 생포해 노예로 팔아먹어 재미를 본 경험이 있는 그들이었기에 긴장하지 않는 모습이었다.

하지만 시간이 갈수록 상황이 악화되기 시작하자 여유로이 다음 소식을 기다리던 해적들의 표정도 변했다.

정문 쪽에서 아예 불길이 치솟고 있었던 것이다.

비명 소리가 들리는 것은 전부 해적들의 것이었고, 금방 사그라질 줄 알았던 검과 검의 교차음 역시 끊이질 않고 있었다.

"어디냐, 어디냐?"

그때, 사령부로 보이는 막사 안에서 한 남자가 모습을 드러냈다. 애꾸눈의 남자였다. 이름은 라굴. 지우드의 부관인 시몬이 부리는 심복 중 하나였다.

시몬이 사령부에 없다는 것은 그가 부재중임을 뜻한다. 그렇다면 생각보다 구출 작전은 좀 더 쉽게 풀릴 공산이 컸다.

"정문 쪽입니다. 수는 적은데 생각보다 강력합니다. 아무래도 용병단 쪽에서 실력 있는 놈들이 온 것 같습니다. 대담하게 네 놈이 설치고 있는 것을 보면……."

"뭣들 하고 있어, 전부 끌고 가서 처리해!"

"예엣!"

라굴은 너무나도 단순한 판단을 내렸다.

소수의 인원이 정문 쪽에서 전투를 벌이고 있다는 것. 그렇다면 충분히 다른 방향에서의 공격이나 기습도 염두에 둘 법하지만, 라굴은 더 소란스러워지기 전에 일을 처리하길 바라는 듯했다.

그럴 수도 있다. 만약에 이런 상황에서 지우드나 시몬이 돌아오게 된다면, 조기에 불안 요소를 제거하지 못한 죄를 엄중히 물을 수도 있으니까.

라굴의 지시에 감옥 근처의 경계를 서던 병력이 우르르 달려나갔다. 대장의 지시가 떨어졌으니 망설일 이유가 없는 것이다.

한 무리의 병력이 빠져나가자 일대가 조용해졌다.

감옥에 갇힌 사람들은 무슨 일이 있나 살피는 눈치였다. 그들의 두 눈에선 구원을 바라는 속마음이 묻어난다.

하지만 이들을 모두 구해줄 수는 없다. 설령 감옥의 문을 열어준다 하더라도, 도망치는 과정에서 잡힐 것이다. 그러면 갇혀있느니만 못한 죽음을 맞이해야 한다.

"지금이다!"

테노스의 말이 떨어지는 순간!

크리스티나가 가장 먼저 달려나갔다. 나는 바로 그녀의 뒤에서 포물선을 그리며 날아가는 마법 지원을 해주었다. 그녀의 노림수가 누구인지 한눈에 보였기 때문이다. 바로 대장 라굴이었다.

나와 크리스티나가 라굴을 노리는 동안, 이미 테노스와 에일리는 그 옆을 지나 감옥 방향으로 향하고 있었다. 한 무리의 병사들이 빠져나가긴 했지만 여전히 감옥 근방을 지키고 있는 전력은 존재했다.

"아니……!"

순간 하늘에서 떨어지는 화염 구체를 마주한 라굴의 표정이 흙빛으로 변했다.

마법은 예상하지 못했을 터다.

라굴은 반사적으로 몸을 피했다.

그는 도끼를 주로 쓰는 우락부락한 사내였다. 도끼로 막는다고 해도 파이어 볼의 불길이 사라지지는 않는다. 저 판단이 현명한 것이다.

하지만 그건 어디까지나 나만 상대할 때의 이야기다. 이미 그 시점에 크리스티나는 라굴의 시선이 마법에 빼앗긴 틈을 타, 그의 등 뒤로 빠르게 돌아가 있었다.

푸욱!

"끄헉!"

크리스티나의 단검이 묵직한 라굴의 엉덩이 쪽을 수직으로 꿰뚫었다. 가장 적은 힘으로 큰 효과를 볼 수 있는 곳이다.

사방으로 피가 튀었다. 하체에 큰 부상을 입은 라굴은 신음을 터뜨리며 비틀거렸다. 이미 흥건해진 하체의 앞섶은 그의 부상을 보지 않아도 충분히 짐작할 수 있게 했다.

"헤이스트."

나는 헤이스트를 이용해 라굴의 앞으로 쇄도해 들어갔다.

아직까지도 라굴은 등 뒤에서 자신을 노린 크리스티나의 얼굴조차 확인하지 못하고 있었다. 나는 라굴의 시선을 다시 한 번 끌어줄 생각이었다.

"이, 이 녀석이⋯⋯!"

부웅!

거대한 라굴의 도끼가 내 머리를 노리고 날아든다. 하지만 물리적인 힘으로 압도하려는 공격은 내가 가장 대응하기 쉬운 공격이기도 했다.

나는 라굴의 도끼가 충분히 속도가 붙을 때까지 움직이지 않았다.

미리 회피를 해버리면, 상대가 힘을 전부 다 쓰지 않기 때문이다.

그리고 정점을 찍은 라굴의 도끼가 중력의 힘을 받아 내려갈 즈음, 나는 아직 남아 있는 헤이스트의 기운을 이용해 살짝 옆으로 몸을 틀었다.

쿠웅!

그러자 라굴의 도끼가 허망하게 허공을 가르며 지면에 내리박혔다. 그 순간이 라굴에게는 최대 약점이 드러나는 시기였다.

크리스티나는 이때를 놓치지 않았다.

뒤에서 완벽하게 각을 잡은 크리스티나는 단번에 몸을 날려 라굴의 목을 왼손으로 움켜쥐었다. 그리고 미련 없이 오른손에 역수로 든 단검을 라굴의 목 오른쪽에 그대로 수평으로 박아 넣었다.

푸우우욱!

깊숙하게 박힌 단검. 라굴의 표정은 나를 바라보던 그 눈빛에서 멈췄다.

숨통이 끊어진 것이다.

"지원하자."

'응.'

나는 바로 테노스의 뒤로 따라 붙었다. 눈 깜짝할 사이에 대장 라굴이 죽자, 경비를 서던 해적들의 사기는 크게 떨어졌다. 호각세로 싸웠던 것도 아니고, 도끼 두 번 휘두른 것이 공격의 전부였기 때문이다.

해적들을 제압하고, 그중 한 놈에게서 열쇠를 얻은 테노스는 바로 헤스키가 갇혀 있던 감옥의 문을 열었다.

"당신들은 누구지?"

"주마야 공작님의 의뢰를 받아 헤스키 공자님을 구출하기 위해 온 용병들입니다. 이제부터는 저희와 죽을힘을 다해 달리셔야 합니다. 롱 아일랜드에 갇히면 위험하니까요."

"아, 알겠습니다."

"실례하겠습니다. 이게 더 빠를 것 같군요."

헤스키는 얼떨떨한 듯 시선을 한데 고정하지 못하는 모습이었다.

테노스는 오랜 기간의 감옥 생활로 체력이 부족해 보이는 헤스키를 한쪽 어깨 위에 걸쳐 엎었다.

"에일리!"

"잠깐만! 금방이야!"

"내가 주제넘은 짓은 하지 말랬지!"

"벌은 나중에 받는 걸로 해!"

에일리는 그 사이 감옥을 돌아다니며 사람들을 풀어주고 있었다. 차마 사람들을 놓고 갈 결심이 서지 않았던 모양이다.

그래봤자 감옥 문 하나 열어주는 것이었지만, 사람들은 환호성을 내지르며 앞을 다투어 달려나갔다.

기억 속에서 에일리는 이따금씩 마음이 약해져 필요 이상의 행동을 했던 적이 종종 있었다.

그렇다고 해서 그녀의 판단이나 마음가짐이 물러 터졌다는 것은 아니다. 다만 이렇게 누군가를 구해야 할 때, 함께 있는 다른 사람들이 있으면 꼭 구해주고자 했다.

결과적으로 저 사람들의 대부분은 해적들에게 잡혀 죽을 것이다. 롱 아일랜드는 넓고, 길은 복잡하다.

롱 아일랜드를 벗어나지 못하면 결론은 죽음밖에 없는 것이다.

테노스가 앞장서서 달리는 동안 몇몇 해적이 테노스의 앞을 가로막았지만, 그가 오른손으로 휘두르는 창에 추풍낙엽처럼 목이 떨어져 나갔다.

그는 양손이 아닌 한 손을 이용한 창술을 전개했는데, 위력이 어마어마했다.

크리스티나는 테노스의 앞에서 빠르게 해적들 사이를 파고들며 빈틈이 수두룩한 녀석들을 단숨에 암살했다.

에일리는 사람들을 구하자마자 바로 뒤이어 합류하며, 테노스를 노리고 달려드는 해적들을 원거리에서 저격했다. 그녀의 화살은 백발백중이었다.

활시위에 화살 한 대가 메겨질 때마다, 하나의 목숨이 사라졌다.

나는 최후방을 맡았다. 내가 자진한 것이기도 했는데, 뒤에서 추격해 올 가능성이 있는 다른 해적들을 막기 위해서였다.

그럴 경우 마법을 이용해 중요 이동 길목을 차단할 수 있는 마법사가 이후 안배에 유리했다.

때를 맞춰 정문에서 격전을 치르던 동료들도 후퇴하기 시작했다. 소기의 목적을 달성했으니, 굳이 전투를 이어나갈 필요가 없었다.

정문 쪽의 유인조는 그대로 물러서며 우회하는 길을 이용해 서쪽 탈출로로 향했고, 우리 역시 이미 한 차례 광풍이 휩쓸고 지나간 정문을 통해 빠져나갔다. 그러면서 자연스럽게 여덟 명의 일행이 모두 합류했다.

저 멀리서 해적들이 쫓아오고 있는 것이 보였지만, 지휘관이었던 라굴을 잃은 해적들의 움직임은 질서가 없었다. 쫓아야겠다는 생각은 하고 있는 듯하지만, 명확하게 갈피를 잡아

줄 리더가 없으니 망설이는 모습이었다.

하지만 상황이 마냥 유리하게 흘러가지는 않았다.

유인과 침투, 그리고 탈출이 너무나도 부드럽게 이루어졌다고 생각이 드는 찰나… 바로 옆으로 보이는 산비탈 길 한편에서 냉랭한 목소리가 들려왔다.

"침입자다. 모두 죽여!"

"모두 속력을 내! 여기서 시간 끌려서 좋을 것 없다!"

테노스가 소리쳤다.

목소리의 주인공은 바로 지우드의 부관 시몬이었다. 지우드보다 더 잔인하고 인정 없기로 유명한 놈이었다.

시몬의 합류 시점은 우리에게는 최악이었다. 정확하게 옆길로 치고 들어오는 형태가 되면서, 무조건 일행이 반토막 날 위기에 처했다.

이렇게 되면 각개격파다.

테노스는 속력을 내서 도망치라고 했지만, 이렇게 되면 기동성이 가장 떨어지는 검사들이 꼬리를 잡히고 만다. 좋은 상황은 절대 아닌 것이다.

─느껴진다.

바로 그때.

전혀 생각지도 않았던 음성, 아니 사념이 느껴졌다. 아이거였다.

'무슨 소리야?'

나는 아이거에게 되물음과 동시에 진형을 이탈해 시몬이 있는 방향으로 달렸다.

지금으로서는 내가 가장 놈들의 시선을 끌기 좋다. 동시에 이동 경로를 방해할 수 있는 마법을 가지고 있다.

지금 이 상황에서 각개격파를 당하거나 동료를 잃게 되면 용병단에 들어온 이유가 사라지게 된다.

자신 있었다.

녀석들을 상대로 최소한 죽지는 않을 자신이.

─내가 분배해 두었던 또 다른 힘이 느껴진다는 거다. 후후후, 이게 여기에 있었나.

오랜 시간의 침묵을 깨고 들려온 아이거의 말 속에는 기대감이 잔뜩 묻어났다.

도대체 무엇일까. 예전에 이런 말을 들어본 적은 없었다.

분배해 두었던 아이거의 '또 다른 힘'에 대한 이야기는 이번이 처음이었다.

'누구에게서?'

─지금 너희들을 죽이려는 놈, 바로 그놈 말이다. 그놈이 조각을 가지고 있다. 클클클.

긴박한 상황에 맞지 않게 아이거는 웃음을 흘렸다.

나는 우선 놈들의 시선을 모두 내게로 이끌 수 있도록, 비탈길을 따라 이어지는 경로에 파이어 볼을 이용해 불길을 만들어냈다.

적어도 2, 3초 정도의 시간은 벌 수 있을 터.

"저놈은 반드시 잡아라!"

시몬이 나를 가리켰다.

그러자 그의 옆에 있던 중무장한 검사들과 붉은색 로브를 뒤집어 쓴 마법사 둘이 내게 달려오기 시작했다. 그들은 해적이지만 절대 만만하게 볼 수 없는 녀석들이었다.

지금 이 상황이 내가 예전부터 생각해 왔던 실력을 발휘하기에 좋은 실전이었지만, 낙관적으로 승리를 장담할 수만은 없다.

긴장은 항상 해야 한다. 그래야 최선의 결과를 도출해 낼 수 있으니까.

"실력 좀 볼까!"

내가 손짓으로 놈들을 도발하며, 방향을 다시 롱 아일랜드 중심지로 잡았다. 동료들과는 정반대로 떨어지는 방향이었다.

이렇게 해야 최대한 동료들로부터 시몬의 부하들을 일부라도 떼어놓을 수 있다. 그쪽은 여덟, 이쪽은 하나니 지금 이대로도 큰 힘이 될 것이다.

시몬은 양쪽으로 병력을 나눴다. 그리고는 나를 쫓는 일행에 합류했다.

잡을 가능성이 적어 보이는 본대보다는 내가 더 가능성이 높아 보이는 모양이다.

뿐만 아니라 내가 마법사인만큼, 더욱 흥미를 갖는 눈치였다.

나는 구출해야 할 인질도, 챙겨야 할 동료도 없는 상황이다. 시원하게 한바탕 붙어 볼 만했다. 나는 헤이스트를 전개하며 빠르게 뒤로 이동했다.

가장 먼저 해야 할 것은 적 마법사들의 실력 파악이다.

마법사의 전투에서 가장 까다로운 적은 검사가 아니라 동류의 마법사다. 검과 마법 사이에는 거리, 그리고 공수 전환에 따라 상성이 존재하지만 마법은 그렇지 않기 때문이다.

파이어 볼에는 파이어 볼로 맞대응이 가능하다. 상쇄가 된다는 이야기다.

내가 공격을 펼치더라도, 적 마법사들이 쉴드나 기타 공격 마법으로 응수해 버리면 전투 전반을 꾸려가는 그림이 완벽하게 달라진다.

화르르륵!

나는 뒤로 빠져나가는 가운데 바로 파이어 볼을 캐스팅하고는 뒤를 추적하고 있는 마법사들에게로 날렸다. 동시에 이어서 또 한 번 파이어 볼을 캐스팅했다. 연속적인 캐스팅과 시전.

이 간극을 얼마나 좁히느냐에 따라 마법사의 역량이 달라진다. 내게는 간극을 좁힐 경험과 지혜가 있다. 그래서인지 거의 연속적으로 날아든 파이어 볼을 마주한 마법사들의 표정에 놀라움이 일었다.

"쉴드!"

예상했던 대로 마법사 하나가 쉴드를 펼쳤다.

쿠웅! 빠직!

하지만 쉴드는 내가 전개한 파이어 볼을 한 번 받아내고는 그대로 깨져 버리고 말았다.

이유는 간단하다. 1클래스 혹은 2클래스 단계의 초급 마법사이기 때문이다.

물론 활용하기에 따라 얼마든지 전장에서 실력 발휘를 할 수 있는 전투 마법사였지만, 나를 상대로는 아니었다.

'역으로 찔러볼까.'

추격전은 쫓는 쪽이 유리하다. 그리고 쫓기는 쪽이 불리하다. 하지만 이 상황이 반전되는 경우가 있다.

바로 쫓기는 쪽이 방향을 틀어 역으로 공격할 때다.

나는 방금 전의 일격으로 크게 당황한 마법사를 노렸다. 빈 틈이 확실하게 보였기 때문이다.

롱 아일랜드 안에서는 그 실력으로도 충분히 능력 있는 마법사 대접을 받을 수 있었겠지만, 전장의 섭리는 냉정하다. 강자는 확실하게 약자를 잡아먹고, 약자는 살아나갈 수 없다.

"헤이스트!"

헤이스트의 장점은 순간적으로 기동성을 극대화함으로써 예측 불가능한 변수를 만들어낼 수 있다는 점이다. 나는 고개를 돌리지 않은 채, 반원 모양의 동선을 그리며 반대쪽으로 이동했다.

"아앗!"

그 순간, 내가 방향을 전환하는 바람에 돌아서야 할 상황이 발생하자 뒤를 쫓던 적들의 동선이 꼬였다.

"라이트닝 볼트!"

빠지지직!

"으크아악!"

마법사가 예상했을 캐스팅 시간보다 반 박자 빠르게 공격이 이뤄지자, 쉴드를 펼칠 새도 없이 전신을 감싼 라이트닝 볼트의 전류가 몸을 감전시켰다.

나는 미련 없이 마법사의 몸 한가운데로 연이어 파이어 볼을 전개했다.

보통 이 정도로 마법 연사를 이어가면 순간적인 마나 부족에 시달리게 되지만, 내게는 두 개의 마나 로드가 존재한다. 흑마법이라고해서 백마법과의 접점이 없는 것이 아니어서,

파이어 볼 같은 경우에는 백마법과 흑마법의 발현 형태 및 과정이 같았다.

때문에 한 번은 백마법의 마나 로드를, 한 번은 흑마법의 마나 로드를 이용해 마법을 전개했다.

회복량을 계산에 둔 안배였다.

"크아아악!"

순식간에 불덩이가 되어버린 마법사가 비명을 내지르며 허공을 휘젓기 시작했다. 나는 바로 타깃을 동료 마법사로 잡았다.

검사들의 시선은 내게 고정되어 있었지만, 달려들지는 못했다. 이미 일격에 마법사 하나가 불덩이 된 꼴을 보았기 때문이다.

하지만 그런 분위기를 환기하는 목소리가 있었다.

시몬이었다.

"지금 다섯 놈이 한 놈을 상대하지 못하는 거냐?"

그 사이, 나는 불덩이가 된 동료를 구하기 위해 진화 마법을 걸어주려는 마법사의 빈틈을 노렸다. 이번에는 블링크였다.

파팟!

"아차!"

본인 스스로도 깨달았을 빈틈. 하지만 돌이킬 수 없는 시간.

마법사의 등 뒤에서 나타난 나는 무방비 상태의 등판 위로 파이어 볼을 연이어 시전했다.

"아아아아아악!"

전황은 바뀌었다. 두 명의 마법사가 불덩이 신세가 되고, 검사들은 질려 버렸다. 자신들의 실력으로 상대할 수 있는 수준의 마법사가 아님을 본능적으로 깨달은 것이다.

제아무리 시몬이 부리는 부하들이라 할지라도, 결국 그들도 사람이었다.

명령을 한다고 목숨을 충실하게 내던질 정도의 충성심은 아닌 것이다.

시선을 살짝 돌리니, 저 멀리 언덕길을 따라 서쪽으로 향하고 있는 일행들이 보였다.

자세하게 보이지는 않지만 테노스와 에일리가 계속 내 쪽을 보고 있었다.

건물 몇 개가 가리고 있기는 하지만 주변의 지형지물이 비교적 적어, 불길이라든가 내 상체 정도는 보이는 위치일 것 같았다.

도우러 올까?

난 아무래도 상관없었다. 시몬까지는 상대해 볼 법하다고 느꼈기 때문이다.

다만 지우드와 그의 주 전력이 합류한다면 이야기는 달라질 것이다. 시몬에게 배정되어 있는 이런 검사와 마법사들은 지우드의 곁을 호위할 자격이 '주어지지 않은' 낙오자들이기 때문이다.

—저놈이 목에 걸고 있는 목걸이 중에 하나가 내가 뿌려놓은 조각 중 하나다. 빼앗는 게 좋을걸?

아이거가 사념을 보내왔다.

아이거의 조각. 처음 들어보는 이야기다.

아이거의 다크 링이 전부가 아니었던 걸까? 순간적으로 과거의 기억들을 빠르게 되짚어 봤지만, 역시나 기억에 없는 이야기다.

나는 이번에 크리스티나로 인해 처음 맞이하게 된 롱 아일랜드에서 생각했던 것 그 이상의 변수를 맞이하고 있었다. 아이거의 힘이 나눠져 있는 다른 조각.

분명 내게는 희소식인 이야기다.

물론 긍정적인 면만 볼 수는 없다. 지금 우리는 거대 해적 세력의 본거지 한가운데에 와 있었으니까. 그리고 아이거에게 다른 꿍꿍이가 있을 수도 있는 이야기였다.

지우드의 부재를 노리고 들어온 것이지만 그 부재가 언제 끝날지는 파악된 바가 없었다. 지금 이미 섬에 돌아와 있을 수도 있었다.

"부하들은 별로 싸울 마음이 없는 것 같은데… 자꾸 부하만 앞세우지 말고 직접 붙어보는 건 어떨까 싶은데?"

나는 시몬에게 시선을 고정한 채 그를 도발했다.

시몬 역시 검사였다.

단, 시몬에게 무서운 것은 검술 실력보다는 그가 가지고 있는 근육질의 몸이었다.

검격 자체가 정교하지는 않지만 워낙에 힘이 좋아 한 번 걸리면 빠져나갈 수 없다고 했다. 오죽했으면 시몬에게 목이 잘리면, 잘렸는지도 모르게 한참을 목에 붙어 있다가 떨어진다고 했을까.

그 정도로 힘이 좋은 검사로 알려진 시몬이었다.

"버러지 같은 새끼들. 모두 물러나라. 저 정신 나간 놈은 내가 상대하지."

"……."

시몬의 명령에 검사들은 기다렸다는 듯이 양옆으로 빠졌다. 두 명의 마법사는 이미 바닥에 널브러진 채, 활활 타오르는 고깃덩이가 되어 있었다.

덕분에 고약한 악취가 났다.

바로 그때.

저 멀리서 이쪽을 향해 다시 되돌아오기 시작하는 일행이 보였다.

전부는 아니었다.

헤스키는 알렉세이에게 업힌 채로 여전히 서쪽으로 가고 있는 중이었지만, 나머지 전원이 내 쪽으로 오고 있었던 것이다.

아마도 테노스의 판단이었을 것이다.

그 테노스라면 사지에 동료를 버려두고 갈 수는 없다고 미련 없이 결정했을 것이다.

나는 동료들이 도착하기 전에 시몬과의 승부를 끝내고 자연스럽게 그의 목걸이를 얻고 싶었다. 아이거의 목걸이, 그 안에는 어떤 비밀이 숨겨져 있는 걸까.

"마법도 결국 검 앞에서는 끝이지!"

시몬은 겁 없이 내게 달려들었다. 내 실력을 과소평가하는 걸까, 아니면 본인의 실력에 자신이 있는 걸까? 시몬의 저돌적인 돌진에 나는 바로 맞대응을 하지 않았다.

탐색이 필요하다.

"아이스 볼트."

나는 방금 전까지 보여주었던 화염, 뇌전 형태의 공격에서 벗어나 결빙 형태의 공격인 아이스 볼트를 전개했다. 가장 상대의 약점 혹은 성향이 드러나는 것은 첫 번째 공격에 대한 대응을 보면 알 수 있다.

"흐읍!"

시몬이 기합을 내뱉으며 몸을 빠르게 낮췄다.

시몬은 내 마법 공격을 막기보다는 피하는 모습이었다.

그것은 두 가지 경우로 압축된다.

방어 자세가 아닌 회피로도 충분히 피할 자신이 있거나, 검술 실력은 좋지만 마법 공격 자체를 까다롭게 여겨 피하는 것이 몸에 익은 경우다.

전자라면 고전하겠지만 후자라면 상대하는 것은 더 수월해진다.

계속해서 까다롭게 만들면 되기 때문이다.

"매직 미사일."

나는 다시 한 번 더 마법을 전개했다. 시몬과의 거리가 좁혀지기까지는 아직까지 여유가 있었다. 상대가 익스퍼트 급, 그 이상의 검사가 아니라면 나는 아론을 상대했던 것처럼 장기전으로 지치게 만들 수도 있었다.

"타앗!"

이번에는 아예 몸을 바닥에 구르기까지 하며 다시 한 번 마법 공격을 피했다. 유도 능력이 있는 마법을 전개했다면 저 상태로 넝마가 되었을 것이다.

구르던 와중에 마법 공격을 맞았을 테니까.

두 번의 탐색으로 시몬에 대한 판단은 끝났다. 지우드의 부관이라는 명성과는 달리, 빈틈이 많은 사람이었다.

마법사에 대한 대응법을 연습하지 않았던 것은 아닐 터다.

휘하에 전투 마법사들이 있었으니까.

문제는 부하 마법사들을 통해 연습한 대(對)마법사 전이 저런 식이었다는 것이다.

마법사를 상대로 검사는 두 가지를 기본 원칙으로 해야 한다.

회피만 하는 것이 아니라 회피 다음에 반드시 공격 동작으로 마법사를 위협할 것. 그리고 필요 이상의 움직임을 자제하여 마법사의 마법 견제에 대다수의 체력을 소진하는 일이 없도록 할 것.

하지만 시몬은 둘 중에 하나의 기본도 갖추지 않았다.

즉, 내게는 걸어 다니는 볏짚이나 다름이 없었던 것이다.

이 정도면 판단은 끝났다.

남은 것은 시몬을 처리하고, 나를 구하러 달려오고 있는 동료들을 따라 이곳을 벗어나는 일이다.

"케헥……."

그로부터 5분 뒤.

지우드의 부관 시몬은 롱 아일랜드 내로 잠입한 침입자들을 완벽하게 처리했을 거라 믿었을 다른 해적들의 바람과 달리, 끊임없는 마법 공격에 넝마가 된 채로 쓰러져 있었다.

목숨이 끊어진 것이다.

그리고…….

시몬의 목에 얼마 전까지만 해도 걸려 있었던 은으로 된 펜던트 목걸이는 사라지고 없었다.

바로 내 손에 들어와 있었던 것이다.

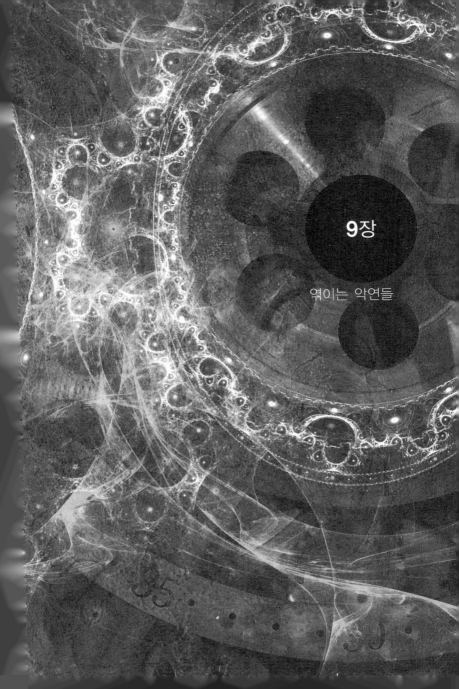

9장

엮이는 악연들

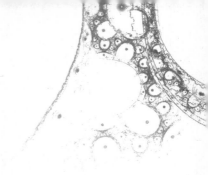

　"레논, 어떻게 할 생각인지 묻고 싶군. 분명 제국에서는 네게 구미가 당길 만한 제안을 할 텐데. 합류할 생각인가?"

　"솔직하게 말씀드리자면 제가 신분의 문제를 해결하고, 충분히 활동할 만한 판이 짜여진다면 그렇게 할 생각입니다."

　"제국의 정치판은 전부 썩었어. 정상인 놈들이 없지. 정상인 사람들은 이미 주류에서 전부 밀려났어. 판치는 건 부패한 관리들밖에 없지."

　"알고 있습니다."

　시간은 헤스키를 구한 그날로부터 2개월이 흘렀다.

그 사이, 여러 가지 일들이 있었다.

바로 내 목에 걸려 있는 목걸이에 대한 정보 입수였다.

내가 시몬으로부터 목걸이를 얻은 이후, 아이거는 내게 목걸이에 어떤 힘이 부여되어 있는지. 그리고 손에 끼고 있는 다크 링과 어떤 연계성을 가지고 있는지 알고 싶으냐고 물었다.

그 순간, 나는 느꼈다. 아이거가 나와의 대화에서 주도권을 잡고 싶어 한다는 것을.

아니나 다를까, 살짝 운을 떼보니 아이거는 내게 직접 육신으로 현신할 수 있는 기회를 만들어달라고 했다. 그러면 남은 조각들의 위치와 숨겨진 힘을 알려주겠다는 것이다.

구미가 당기는 제안이지만 나는 한쪽 귀로 제안을 흘려 버렸다. 아이거의 속내를 알고 있기 때문이다.

아이거는 영악하다. 그리고 거짓말을 밥 먹듯이 한다.

때로는 진실된 모습을 보이기도 하지만, 그보다는 거짓이 섞이는 경우가 훨씬 많다.

나는 아이거의 제안을 무시했다. 그러자 아이거는 이 목걸이에 대해서 아무런 정보도 제공하지 않겠다며 으름장을 놨다.

나는 그렇게 하라고 했고, 2개월이 지난 지금까지 아이거는 내게 먼저 입을 열지 않고 있었다.

별것 아닌 힘 싸움처럼 보일지도 모르지만, 내게는 아이거를 길들이는 과정이 중요했다.

유리한 쪽은 내 쪽이다. 아이거는 내 허락이 없이는 반지에 갇힌 영혼의 신세를 면할 수 없으니까.

내게 이 목걸이는 어찌 보면 보너스의 개념으로 얻은 것이었고, 그래서 반쯤 잊어버린 채 지내고 있었다. 때가 되면 입이 근질근질해진 아이거가 먼저 말문을 열 것이다.

롱 아일랜드에서 그랬던 것처럼.

그날의 탈출은 성공적이었다.

신속하게 시몬의 목숨을 거둔 나는 합류한 동료들과 함께 서쪽으로 향했다. 그리고 아론의 안내를 받아 지름길을 이용해 롱 아일랜드 서쪽에 미리 돈을 주고 대기시켜 둔 쾌속선을 타고 빠져나갔다.

미처 그쪽에 필요한 배를 대기시켜 놓지 못했던 해적들은 결국 닭 쫓던 개 신세가 될 수밖에 없었고, 헤스키를 구출하는 의뢰는 성공적으로 매듭이 지어졌다.

신속하고도 거침없는 의뢰 수행.

더불어 희생자 하나 없이 완벽하게 마친 의뢰 덕분에 테노스 용병단의 명성은 크게 올라갔다. 이 일을 의뢰했던 주마야 공작이 제시했던 거액의 의뢰비가 입금되었음은 물론이고, 제국 내외로도 소문이 돌았다.

지우드의 본거지, 롱 아일랜드에 기습적으로 잠입하여 인질을 구출했다는 소식은 다른 용병단에게도 큰 자극이 되었다.

불가능할 것이라 여겼던 일이 성공으로 마감되었기 때문이다.

단, 몇몇 질투 어린 시선은 의뢰의 성공에 대해 폄하하기도 했다. 지우드가 없는 빈틈을 노린 얄팍한 술수라는 것이다.

테노스는 그런 시선들에 대해서는 대꾸할 필요성도 느끼지 못하는 듯, 들리는 소문을 한쪽 귀로 흘려버렸다. 그것은 소속된 용병단원 전체가 마찬가지였다. 그리고 사람들도 깎아내리는 시선보다는 우리의 성공에 더욱 초점을 맞췄다.

의뢰의 성공은 용병단, 그리고 용병 개개인의 명성을 드높이는데 큰 몫을 했지만, 반대로 위험 요소를 하나 만들어냈다.

바로 지우드의 분노를 산 일이었다.

의뢰 성공에 대한 소문이 퍼져 나가면서, 자연스럽게 지우드도 이 사건의 중심에 테노스 용병단이 있다는 사실을 알게 된 것이다.

지우드의 분노는 상당했다.

그로 인해 발생한 것이 롱 아일랜드에 갇혀 있던 인질들의 가족에게 협상 마감 시한과 보상 금액을 올려 제시하고, 이에 맞추지 못할 경우 모두를 참수하겠다고 협박한 일이었다.

그 과정에서 지우드와 협상하지 못하거나 원하는 금액을 지불하지 못한 인질들은 지우드의 말대로 모두 참수당했다. 시체는 불태워진 뒤 바닷가에 버려졌고, 물고기 밥이 되었다.

지우드와의 인연. 이것은 내 경험 속에는 없는 일이기 때문에 앞으로 계속해서 신경을 쓰지 않으면 안 되는 일이 되었다.

게다가 지우드는 시몬을 죽인 마법사에 대해서는 언젠가 그 목에 비수를 꽂아 넣겠노라고 공언까지 했다. 테노스 용병단에 소속된 마법사는 나밖에 없다.

생활 마법을 구사하는 1클래스의 B급 용병 마법사들이 있지만, 바보가 아닌 이상 그 마법사들을 시몬을 죽인 범인으로 여기진 않을 터다.

무난하게 이어져 오던 내 삶에 지우드라는 변곡점(變曲點)이 생겨나게 되면서, 이후의 일들이 조금씩 비틀리기 시작했다.

그 결과가 지금 테노스와 이야기를 나눈 '제안'에 대한 이야기였다.

지금 제국의 마법부에서 보낸 사람이 우리 용병단으로 오고 있었다. 스페디스 마법 아카데미의 부학장이자, 황제의 장인이기도 한 케플린 공작이었다.

"잘 생각해 봐. 우린 네 결정이 어떤 형태로 나와도 존중할 거다. 부담은 갖지 말길 바란다."

"감사합니다, 단장님."

"감사할 이유는 없지. 선택은 네 몫이다. 나는 강제하지 않아. 실제로 용병단 계약서에도 원한다면 언제든 떠날 수 있게 해놨으니까, 후후."

테노스의 말 그대로다. 테노스 용병단의 계약서에만 의무 계약 기간이 없다. 이것은 양날의 검이었는데, 서로가 마음을 다르게 먹는다면 언제든 계약을 해지할 수 있음을 의미한다.

하지만 애초에 신뢰 관계를 기반으로 용병단 내의 관계가 형성되다 보니 이런 경우는 없었다. 그리고 싹수가 좋아 보이지 않는 구성원은 애초에 테노스가 받지 않았다.

테노스의 시선은 보기보다 예리하다.

"오늘 저녁쯤이면 도착하겠군요."

"그럴듯해. 응접할 준비는 해둘 테니, 그 점은 걱정하지 말고 푹 쉬도록."

"예, 감사합니다."

"그럼 이만."

테노스가 침실 문을 열고 밖으로 나섰다.

오늘부터 일주일간은 의뢰가 없는 휴식일이었다. 나는 그 동안 밀린 피로를 풀기 위해 하루 종일 잠을 잘 생각으로 침실에 계속 머무르고 있었던 것이다.

아론은 소렌 남작가로 가고 없었다. 로이니아를 만나기 위해서다.

원래는 로이니아가 오빠인 아론을 만나기 위해서 이곳으로 온다고 했지만, 아론이 한사코 말리고 자신이 직접 로이니아에게로 갔다.

아론은 아직 로이니아와 나 사이에 존재하는 호감의 깊이를 잘 알지 못한다.

나와 아론이 처음 만났던 그날, 로이니아와 간단하게 대화를 한 사이인 정도로만 알고 있다. 서로 암묵적인 호감을 교환했다는 것까지는 모르는 것이다.

그래서 아론에게 드러내 놓고 같이 움직이자고 하기도 껄끄러웠다.

로이니아를 보고 싶기는 했지만, 이왕이면 그녀가 용병단으로 찾아와 셋이 자연스럽게 보는 게 좋다. 아론은 아직 자신의 여동생이 어떤 남자를 사랑할 만한 '성장' 을 이루지 못했다고 생각하고 있었다.

2개월의 시간 동안 로이니아는 아론 몰래 내게로 편지를 보냈다. 안부를 묻는 편지로 시작했지만, 시간이 지나면서 나를 보고 싶다는 내용들로 바뀌어 갔다.

나 역시 로이니아의 안부를 확인하며 그녀에 대한 은근한 관심을 표현했다.

다행인 것은 소렌 남작이 추진하는 정략결혼이 생각대로 되지 않고 있다는 것이다. 게다가 아론이 소속된 우리 용병단이 잘나가면서, 정략결혼보다는 다른 쪽으로 시선을 돌리는 모습이었다.

하지만 여전히 정치계에서는 반쯤 사망신고를 받은 것이나 다름없는 소렌 남작이었기 때문에, 그의 재기에는 앞으로도 많은 시간이 걸릴 듯해 보였다.

*　　　　*　　　　*

롱 아일랜드에서의 일은 내가 원하든, 원하지 않았든 나에 대한 존재를 세상에 알리게 되는 계기가 되었다.

지우드의 분노와 주마야 공작의 홍보가 한몫을 했다.

덕분에 자연스럽게 내가 마법사가 되었다는 사실은 고향인 키리아트 마을에도 알려졌다.

당연히 가장 먼저 소식을 접한 것은 카터였다.

그리고 카터는 자연스럽게 어머니와 레니에게 이 사실을 알렸고, 나는 키리아트 마을에서 이미 유명인이 되어 있었다.

나는 케플린 공작과의 만남이 끝나는 대로 마을로 돌아가 어머니와 레니는 물론이고 카터도 만나 볼 생각이었다.

현재 용병단 내에는 테노스와 나, 크리스타나가 전부였다.

나머지는 휴식일에 맞춰 고향으로 떠나거나 여행을 떠났다.

테노스도 오늘만 일정이 없어 머물고 있을 뿐, 내일부터는 다음 의뢰 답사 차원에서 몇 군데를 돌아보고 올 예정이라고 했다.

답사를 핑계로 한 밀월여행이다. 아마 내일쯤이면 카트리나 용병단의 건물에도 카트리나가 없을 것이다.

"레논도 내일이면 고향으로 가는 거야?"

"그래야지. 멀진 않으니까."

"좋겠다. 돌아갈 곳이 있어서."

침실을 나와 2인 1실로 주어지는 작업실에서 세면도구와 수건을 챙기고 있던 내게 말을 건 것은 크리스타나였다.

은근하게 건넨 말이었지만, 크리스타나의 말에서는 깊은 외로움이 느껴졌다.

강인해 보이는 그녀지만 때때로 외로워했던 기억이 난다.

지금까지 용병단에서 2개월을 생활해 오면서 전보다 크리스타나를 더 많이 알게 됐지만, 그녀는 단 한 번도 자신의 가족이나 지인들에 대한 이야기를 한 적이 없었다.

이스티 대륙에서 사귀었을 법한 친구에 대한 이야기도 없었고, 한 번쯤은 해봤을 수도 있을 연애나 짝사랑에 대한 이야기도 없었다.

이스티 대륙의 이야기는 백지처럼 아무것도 없었다.

2개월간 지켜본 크리스티나의 모습은 당초의 예상과는 달리 그녀 원래의 모습 그대로였다.

처음에는 내게 어떤 해코지를 할지도 모르는 존재이거나, 혹은 어떤 목적을 가지고 용병단에 들어온 것은 아닐까 생각했었다.

그래서 동료로서 그녀를 대하면서도 끊임없이 의심했고, 하는 행동 하나하나를 감시하고 판단했다.

그 후에 내가 1차적으로 내린 결론은 그녀가 동료로서 손색이 없는 실력과 자격을 갖추고 있으며, 의심을 어느 정도 풀어도 괜찮겠다는 것이었다.

그 이후, 크리스티나와 어느 정도 마음을 열고 대화를 나누게 되면서 점점 가까워졌다. 그래서 지금은 용병단의 동료로서 원만한 관계를 유지하고 있었다.

"키리아트 마을은 여기서 멀지 않아. 도보로 이동한다면 시간이 좀 걸리겠지만, 중거리 텔레포트 마법진을 이용한다면 시간 단축이 되지. 같이 가자."

"정말?"

내 제안에 크리스티나의 얼굴에 화색이 돌았다.

"바람이나 쐬고 오자. 정말 작은 마을이야. 별로 볼 게 많지는 않겠지만."

"좋아!"

크리스티나가 연신 고개를 끄덕이며 반갑게 참여 의사를 밝혔다. 이참에 그동안 수많은 의뢰로 지친 심신도 달래고, 고향의 사람들도 만날 수 있으면 좋을 것이다.

피로 얼룩진 크리스티나의 용병단 생활에도 충분한 환기가 될 수 있을 터다.

나는 크리스티나와 함께 이동하기로 계획을 잡았다.

물론 저녁에 도착할 케플린 공작과의 대화가 끝나고 난 후다.

*　　　*　　　*

저녁이 되자, 약속된 대로 케플린 공작이 우리 용병단 건물에 도착했다. 두 명의 수행 마법사를 대동하고 온 그였다.

케플린 공작.

내게 좋은 기억은 하나도 없는 사람이다. 이 사람은 야심가이면서 동시에 부패한 정치인이고, 황가를 등에 업고 있는 외척이었다. 그리고 학장보다도 더 아카데미에서 입김이 강력해, 때때로 월권(越權)과 하극상을 일삼는 인물이기도 했다.

문제점이 많은 사람인 것이다.

"안녕하십니까, 케플린 공작님. 레논이라고 합니다."

입구에서 그를 직접 맞이한 나는 공손하게 인사를 올렸다.

"반갑군, 레논."

나를 바라보는 케플린의 묘한 눈빛.

은근한 관심이 담긴 저 눈빛이 나는 마음에 들지 않았다. 어쩔 수 없이 그를 만나야만 하는 자리가 되었지만, 어떤 식으로든 나쁜 결과물이 도출될 수밖에 없을… 그런 느낌이었다.

그가 원하는 것과 내가 바라는 미래는 전혀 달랐으니까.

이번에도 과거 같은 평행선을 그리게 될 것이다.

나는 테노스가 안배를 해놓았던 대로 응접실로 케플린 공작과 동행한 수행 마법사들을 안내했다.

의뢰인을 포함해 외부 손님들을 받을 일이 많은 용병단의 응접실은 어지간한 고위 귀족가의 응접실보다도 고풍스럽고 화려했는데, 케플린도 그런 응접실의 분위기를 내심 즐기는 눈치였다.

응접실로 향하는 동안 나는 다시 한 번 생각을 정리했다.

오늘의 만남을 어떻게 풀어나갈지를.

케플린 공작의 방문 목적은 이미 내가 알고 있듯이 나를 회

유해서 제국의 마법계로 끌어들이기 위함이다. 평민, 마법사, 17세, 지우드의 부관 시몬을 죽인 자.

이 정도면 홍행성은 충분하다.

아카데미의 부학장인 케플린이 직접 나섰을 정도라면 이야기는 끝난 것이나 다름없다. 그가 직접 나를 '만져' 서 만들어보겠다는 것이다.

더 좋은 상품으로.

내가 단순히 내 일신의 부귀영화 정도만 생각했다면 케플린을 따라가는 게 맞다. 용병단보다 더 확실한 주목과 전폭적인 지원을 보장받을 테니까.

하지만 나는 아주 길게, 그리고 큰 그림을 보고 있었다.

이렇게 되면 나는 제국의 마법계와 정치계에서 가장 썩어빠진 부패한 관리의 썩은 동아줄을 붙잡은 쓰레기가 되고 만다.

더 나아가 이제 막 구축되기 시작한 용병단 내외의 인맥들도 흐지부지 사라지게 될 터. 여러 가지로 좋지 않았다.

쪼르르르.

응접실 안에서 나와 케플린 공작이 서로를 마주본 채로 적막이 감도는 동안, 용병단에서 일하는 하인들이 차를 따라 주었다.

케플린 공작은 귀족이었고 나는 평민이었기 때문에, 나는 그보다 높이와 크기가 다소 낮은 의자에 앉았다.

자연스럽게 그를 올려다볼 수 있도록.

용병단 내에서는 신분의 차이를 두고 깐깐하게 격식을 차리거나 예를 갖춰야 한다는 생각이 없었지만, 케플린 공작처럼 귀족으로서의 생활, 법도, 예의에 길들여진 사람은 다르다.

조금이라도 예에 어긋난 일을 한다면 그는 어김없이 이를 문제 삼을 것이다.

"마침 용병단이 휴식기라지?"

"예, 그렇습니다. 거의 두 달간 눈코 뜰 새 없이 의뢰를 수행하느라 바빴으니까요. 정말 바쁜 시간이었습니다."

"후후, 그동안 많은 전공을 세웠더군. 제국 내에 위치한 용병단들의 행보는 우리들도 주목하고 있지. 롱 아일랜드 잠입을 통한 부관 시몬 제거, 흑해 인근에 출몰한 오크 척살, 동쪽에서 있었던 마도국 자르가드의 침입자들 제거… 제국의 골칫거리들을 하나씩 처리해 주었으니 모르고 싶어도 모를 수가 없다, 이 말이지."

"주어진 의뢰에 맞춰 움직인 것 아니겠습니까. 과찬이십니다."

"과찬은 무슨. 치하할 공은 치하해야지. 황제 폐하께서도 자네 용병단을 주시하고 계시니… 그만큼 혁혁한 공을 세웠다는 것 아니겠나?"

"감사합니다."

케플린 공작은 듣기 좋은 말들로 분위기를 띄우는 모습이었다.

물론 거짓말은 아니었다.

롱 아일랜드에서의 일을 시작으로 우리 용병단은 정말 잠을 쪼개어서 잘 정도의 강행군을 해왔다. 마음에 들었던 것은 이런 강행군을 두고 투덜거리는 구성원들이 단 한 명도 없었다는 점이다.

나와 크리스티나는 항상 열정적이었고, 그 이상으로 테노스는 더욱 적극적으로 움직였다.

의뢰 하나를 처리하고 나면 용병단으로 귀환하는 것이 아니라 바로 거기서 다음 의뢰지로 이동했다.

그 과정에서 수많은 전투를 치렀다.

테노스가 선택한 대부분의 의뢰들이 일부 귀족 개인의 의뢰가 아니라, 제국 자체에서 들어온 의뢰이거나 관련된 귀족들이 대신 의뢰를 넣은 것들이었기 때문이다.

그래서 제국을 동서남북으로 누비며 다녔다.

흑해 인근에 출몰했던 오크, 흑해에서 앞 이름을 따서 그들을 블랙 오크라고 불렀다.

실제로 피부가 검은색에 가까운 잿빛을 띠고 있어 그렇게 불렀는데, 흑해에서 나타난 것은 그 블랙 오크의 본거지를 이 탈해 나온 일부 오크들이었다.

아직까진 큰 문제를 일으키지는 않은 블랙 오크지만 나는 과거 경험을 통해 이 오크들을 주시하고 있었다. 그리 머지않은 시간에 블랙 오크들을 위시한 이(異)종족의 공격이 시작되기 때문이다.

아직 제국, 아니 이 대륙에 살고 있는 사람들은 잘 모른다.

지금까지 잘 유지되어온 인간과 다른 종족들 간의 관계가 곧 깨진다는 것을.

현재 대륙은 국가 간의 대립을 제외한다면, 유례없는 평화의 시기를 맞이하고 있었다.

마도국 자르가드를 가장 큰 위협으로 느끼고, 대다수의 국가들이 자르가드와의 접경지대에 집중적으로 병력을 배치할 정도다.

오크들이 인간들과 전쟁을 치른 지도 100년이 넘었고, 오크와의 전쟁 경험이나 기억이 있는 사람들은 더 이상 생존해 있지 않았다.

그래서 지금 사람들의 인식 속에서 오크들은 그저 벨라디아 산맥 너머에서 숨을 죽이고 살고 있는 이종족 중 하나일 뿐이었다.

그런 이유로 흑해에서 나타난 블랙 오크 무리의 등장도 대수롭지 않게 여겼다.

"내가 왜 자네를 보자고 했는지는 어렴풋이나마 짐작했을 것이라고 생각하는데……."

케플린이 운을 뗐다.

"솔직히 잘 모르겠습니다. 아직 저는 부족한 것이 많은 용병단의 마법사입니다. 배워야 할 것도 많죠."

"후후, 그건 겸손이 심하다고 할 수 있지. 지금 자네가 어떤 정도의 실력인지는 스스로가 가장 잘 알지 않나?"

"그저 운이 좋았을 뿐입니다. 모자란 것도 많고 잘 다듬어지지도 않았다고 생각합니다."

"운이 좋아도 그 정도면 실력이고 축복이지. 세상의 어떤 마법사가 열일곱 살에 4클래스 비기너에 오르겠나? 물론 전례가 없었던 건 아니지. 하지만 귀하다는 거야. 일반적으로 4클래스가 되려면 어렸을 적부터 아카데미에서 집중적으로 연성하고 수련하는 과정을 거쳤어도 서른은 족히 넘겨야 해. 그것도 머리가 잘 돌아가는 경우에 말이야. 레논, 너는 다른 마법사들에 비해 15년에 가까운 시간을 절약했단 얘기지. 이러고도 부족하다고 할 수 있나?"

아카데미의 부학장인 그의 말에는 틀림이 없었다.

그는 7클래스의 마법사이고, 그만큼 마법사의 길이 얼마나 어려운지 잘 아는 사람이었다.

때문에 내가 이뤄낸 성과들은 당연히 주목을 받을 수밖에 없었다.

"제 기준으로는 부족하다 생각합니다. 그리고 그렇게 생각해야 더 큰 발전을 이룰 수도 있지 않겠습니까?"

"후후, 그래. 겸손함이 몸에 배어 있는 친구라 마음에 드는군. 이 정도면 얘기는 충분히 된 것 같고, 거두절미하고 본론부터 말할까 해. 레논, 아카데미로 들어오는 게 어떨까? 내가 확실하게 뒤를 밀어주지. 확실하게 말이야."

예상했던 제안이 나왔다. 누가 들어도 귀가 솔깃할 제안이지만 내게는 아니다.

아카데미 생활이 싫어서가 아니다.

한다면 얼마든지 적응할 자신은 있다. 예전에 아카데미에서 마법사의 길을 걷기도 했었으니까.

문제는 이 아카데미가 내게 득이냐, 실이냐는 것이다. 이 부분에서 나는 확실하게 단언할 수 있었다.

나의 특이한 이력과 행보, 그리고 마법사들에게 비춰질 내 모습에서 결과를 도출한다면 득이 2, 실이 8이었다.

후견인으로 케플린 공작을 두게 되면 수많은 마법사의 질투와 시기를 한 몸에 받을 것이고, 해결되지 않은 신분의 문제는 갈등을 만들어낼 것이다.

내 이름 뒤에 케플린이라는 이름을 두게 되는 순간부터, 그를 배제한 채 계획을 세워 나가는 것이 힘들어지게 된다.

케플린은 내게 있어 도움을 줄 대상이 아니라, 언젠가 내 계획을 위해 처리되어야 할 제거 대상이었다. 그런 그와 손을 잡는다는 것은 있을 수 없는 이야기다.

하지만 이미 이야기가 나온 시점에서 얼마나 현명하게 거절하느냐가 중요해졌다.

애초에 이렇게 케플린이 용병단을 방문하게 된 것도 과거에서의 기억보다 너무나도 빠른 시간 안에 이루어진 일이었기에, 신중한 판단을 필요로 했다.

크리스티나와의 만남, 그리고 롱 아일랜드에서의 일은 내가 기억하는 몇몇 사건의 시기를 대폭 앞으로 당겼던 것이다.

그중 하나가 케플린과의 만남이었다.

"공작님의 말씀은 감사합니다. 하지만……."

"하지만?"

거절의 뉘앙스가 섞인 말을 이어가자, 케플린의 입가에 배어 있던 미소가 살짝 걷어지기 시작했다.

그는 내게 필요 없는 사람이다. 하지만 여기서 그와 악연을 만드는 것도 좋지는 않다.

"아직은 때가 아닌 것 같습니다. 제가 공작님에게 더 큰 힘이 되어드릴 수 있는 건, 제 신분적인 문제가 해결된 다음이 아닐까 싶습니다. 어쨌든 여전히… 제 신분이 많은 부분에서 발목을 잡는 것이 사실입니다."

"좀 더 전공을 세우고 인정을 받은 뒤, 심사를 거쳐 귀족이 된 다음… 그 다음에 내게 협력하고 싶다, 이 말인가?"

"실력보다 더 앞서는 것이 신분이라는 것을 잘 아실 것이라 생각합니다."

나는 케플린 공작의 물음에서 껄끄러운 부분을 답을 하지 않고, 논점을 돌렸다.

그에게 협력할 생각은 눈곱만큼도 없다. 하지만 여기서 케플린 공작에게 반감을 사게 되면 앞으로 그는 내게 귀찮은 존재가 될 것이다.

이렇게 이른 시기에 악연으로 꼬여 버린다면 그는 나를 짓밟기 위해 무슨 짓을 할지 모른다. 공작의 입장에서는 마법사라고는 하나, 평민에 불과한 것이다.

"음… 특별 과정이라는 것이 있지. 평민이라는 신분이 아카데미 입학에 무조건적인 걸림돌이 되지는 않아."

"필요 이상의 주목은 오히려 부학장님이신 공작님께 부담이 되는 일일지도 모릅니다. 저 하나를 위해서 그런 수고로움을 감당하시는 건 위험하지 않겠습니까? 단지 시기의 문제일 뿐입니다. 그리 길지는 않을 겁니다."

"원한다면 귀족 신분을 얻을 수 있게 심사위원들을 매수해

줄 수도 있지. 내게 확실한 충성만 맹세한다면 말이야."

"방법이야 많습니다. 다만 정상적인 방법이 아니면, 그것이 언젠가 공작님의 발목을 잡을 겁니다."

나는 케플린 공작을 위하는 척, 조언을 건넸다.

그에게 직접적으로 합류하겠다는 말은 한마디도 하지 않았다.

하지만 케플린 공작은 어느새 내가 그의 뜻에 동조하고, 합류할 생각이 있는 것으로 생각하고 있었다.

말은 이래서 제대로 명확하게 핵심을 말하지 않으면 알 수 없는 것이다.

"레논, 언제 휴식기가 끝이라고 했나?"

"엿새 뒤입니다."

"언제 용병단으로 돌아오지?"

"마지막 날입니다."

"그럼 그때 이야기를 한 번 더 하도록 하지. 어차피 앞으로 일주일 동안은 이 근방의 영지들을 돌아다니면서 쓸 만한 인재들을 아카데미로 올려 보낼 생각으로 겸사겸사 온 것이니 말이야."

"알겠습니다."

나는 케플린 공작의 말에 고개를 끄덕였다. 내가 가장 최우선적인 스카웃 대상이었겠지만, 그 외에도 다른 용병단의 몇

몇 마법사들에게 군침을 흘리고 있었을 것이다.

예상이 맞다면 많은 마법사가 케플린 공작을 따라 수도로 올라갈 것이다.

그가 달콤한 말과 함께 은밀한 제안을 건넬 테니까. 제국 마법계의 실세인 그가 후견인(後見人)이 된다는 것은 상상 그 이상으로 든든한 것이기 때문이다.

*　　　*　　　*

"괜찮겠어?"

"밤에 이동한 게 새삼스러운 일도 아니고. 가자. 쉴 때는 쉬어야지."

그날 밤.

나와 크리스티나는 키리아트 마을로 향하기 위해 사용해야 하는 중거리 텔레포트 마법진을 이용하기 위해 이동했다.

쉴 새 없이 달려온 지난 2개월.

잠깐의 휴식과 함께 미래에 대한 계획을 다시 한 번 점검해볼 시간이었다.

어쩌면 이번에 있을 가족, 그리고 친구들과의 만남이 마지막이 될지도 모른다. 앞으로는 지금보다 더 많은 것이 바빠지고 복잡해지고 어려워질 것이기에.

　내 삶에서 유일하게 시간의 흐름을 잊고 생각을 내려놓을
수 있는 곳.

　그곳이 바로 고향 키리아트 마을이었다.

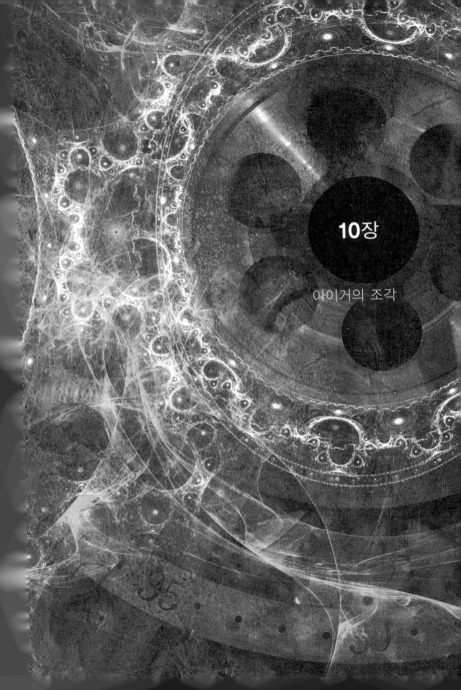

10장

아이거의 조각

키리아트 마을을 떠나기 전, 나는 그저 마을의 평범한 청년에 불과했다. 아니, 조금 다르기는 했다.

카터와 상단을 차렸고 키아그라 사업이 대호황을 이루면서 큰돈을 손에 쥐었으니까. 그래도 그때는 사업가에 가까웠고, 전면에 나서고 있는 카터의 뒤에 있는 조력자에 가까웠다.

세상의 관심이 내게 쏠려 있지 않던 시기였다.

하지만 단 2개월 만에 많은 것이 바뀌었다. 물론 그렇다고 해서 내가 제국 어디를 가도 다 알아주는 유명인이 된 것은 아니다.

다만 아카데미에 소속된 마법사들이라면 한 번쯤 이름을 들어봤을 법한 정도는 됐고, 특히 용병단에 관심을 갖고 있는 고위급 관리나 귀족이라면 테노스의 이름과 더불어 자연스럽게 알게 됐을 정도는 됐다.

"정말 조용한 마을이네."

"원래 이게 일반적인 마을의 풍경이야. 우리가 워낙에 눈코 뜰 새 없이 피가 튀는 전장을 누비고 다녀서 그런 거지."

"그렇구나… 나는 어렸을 적부터 정말 시끌시끌한 시장통에서 자랐거든. 단 한 번도 이렇게 조용했던 적이 없어. 그래서 조용하면 오히려 더 긴장을 하게 되는 것 같아."

크리스티나가 이마를 타고 흘러내리는 땀을 닦아 냈다. 나에게는 포근한 정도의 날씨였지만, 그녀는 꽤나 더운 모양이었다.

체질의 차이인 것 같다.

크리스티나는 입고 있던 로브를 벗고는 매끈한 몸을 드러냈다. 항상 볼 때마다 느끼는 것이지만, 크리스티나는 몸매만큼은 타의추종을 불허할 만큼 균형이 잘 잡혀 있다.

오랜 기간 운동을 해온 것이 태만 봐도 드러나는 것이다.

"크리스티나답지 않네."

"전장의 조용함과 그냥 일상의 조용함은 다르지. 뭐… 너무 완벽하면 재미없잖아?"

크리스티나가 씨익 웃어 보인다.

그러는 사이 우리는 자연스럽게 키리아트 마을이라는 글씨가 적힌 큰 팻말 앞을 지나쳤다. 마을 초입에 들어선 것이다.

느껴진다. 고향에서만 느낄 수 있는 특유의 정취가.

나는 먼저 집으로 방향을 잡았다. 만나고 싶은 사람은 많지만, 역시 어머니와 레니를 보는 것이 먼저다.

밤에 이동을 하고, 새벽녘에 중거리 텔레포트 마법진을 이용한 뒤, 마을에 도착한 것은 아침.

이 시간이면 어머니와 레니가 깨어 있을 시간이다. 오늘은 휴일이니 어머니도 일을 나가지 않으실 것이다.

"레논의 집이 저거야?"

"응, 저기 연기가 피어오르는 집. 아침 시간이 맞긴 한가 보네."

크리스티나가 손가락으로 가리킨 위치는 우리 집이 있었다.

큰돈을 번 장사꾼이자 유명 용병단에서 활약하는 마법사의 가족이 살고 있는 집이라 보기에 정말 소박한 집. 그래서 더 정감이 가는 집이었다.

99번의 삶을 죽고, 다시 살았어도 가족들에 대한 애정이 식거나 사라지는 것은 아니었다. 그때마다 조금씩 다른 가족의 모습을 보는 재미도 있었다.

이번에 어머니는 어떤 모습을 보일까?

레니는 마법사가 된 오빠를 어떻게 생각하고 있을까?

집 근처에 둘러져 있는 울타리를 지나 나는 자연스럽게 입구로 들어섰다.

그러자 열심히 불을 피우며 아침 준비에 한창인 레니의 모습이 눈에 들어왔다.

"레니."

"이 시간에? 누구세… 아앗, 오, 오, 오빠! 레논 오빠다아아 앗! 오빠!"

말이 끝나기가 무섭게 레니가 신발도 벗어던지고 달려와 내 품에 폴짝 뛰어들어 안겼다.

그 사이 레니는 키가 훌쩍 자라 있었다. 동시에 어딘가 모르게 성숙한 느낌도 났다. 시간이 그리 많이 지난 것은 아닌데, 왜 그런가 했더니 아침에 일어나자마자 화장부터 했던 모양이었다.

미용에는 영 관심이 없던 레니. 하지만 집안 사정이 나아졌으니 충분히 관심을 가졌을 법도 하다.

나는 그제야 레니의 얼굴 근처에서 물씬 풍기는 화장품 향기를 느낄 수 있었다.

"레니, 그게 무슨 소리니? 어머! 레논! 레논, 네가 왔구나!"

"어머니, 제가 왔습니다."

"레논……!"

어머니의 반응은 레니보다 '조금' 차분한 버전이었다. 어머니도 한달음에 달려와 내 손부터 맞잡았다. 그리고 격한 포옹으로 나를 반겨주셨다. 나 역시 어머니를 꼭 끌어안아 주었다.

한결같이 검소한 생활을 하고 있는 어머니는 예전에 늘 입고 있던 평복차림 그대로였다. 사치의 흔적은 그 어디에도 없었다.

"근데 이 언니는……? 오빠, 여자 친구야?"

자세한 내막을 알지 못하는 레니는 내 옆에 있는 크리스티나의 존재를 바로 넘겨짚었다. 나는 괜한 오해가 생기지 않도록 바로 크리스티나를 두 사람에게 소개시켜 주었다.

"크리스티나예요. 제 용병단 동료죠. 이스티 대륙 사람이어서 생김새가 조금 달라요. 더 매력적인 눈매와 눈빛을 가지고 있죠."

"우와, 이스티 대륙? 거긴 어디에 있는 건데?"

"안녕하세요, 크리스티나예요. 이분이… 여동생 레니 양?"

"네네! 레니예요! 이스티 대륙에서 오셨어요?"

"네. 맞아요. 반가워요."

크리스티나와 레니가 악수를 나누고.

"어서 와요. 레논의 동료라니… 만나 뵙게 돼서 영광이에요. 레논의 어미 되는 사람입니다."

"영광이라실 것까지 있나요. 소문대로 미인이세요. 반갑습니다, 어머니."

"호호, 소문이 거기까지 퍼졌나요?"

"레논이 정말 어머니와 레니 칭찬을 매일 같이 했거든요. 그래서 너무 잘 알고 있죠. 근데 소문 그 이상의 미인이세요. 비결 좀 알려주시겠어요?"

"호호호, 다른 거 없어요! 잘 먹고, 잘 자면 끝! 어머, 내 정신 좀 봐. 레니, 하던 밥은 마저 해야지! 다 같이 먹자. 어서들 들어와요, 어서들!"

조용했던 집안에 순식간에 활기가 돌았다. 어머니와 레니는 아주 자연스럽게 크리스티나를 받아들여 주었다.

*   *   *

첫날의 일정은 가족들과 함께하는 것으로 시작됐다. 마침 알아보니 카터가 일 때문에 떠나고 없었던 것이다. 이틀이 지나야 돌아온다고 했다.

카터의 상단은 못본 사이에 더욱 성장해 있었다. 이제 키리아트 마을에 들어오는 물건은 99.9% 이상이 카터 상단을 통해 들어온다고 봐도 될 정도였다.

독점 아닌 독점이었지만, 카터는 마을 사람들을 상대로는 꾀나 수를 부리지는 않았다. 오히려 질 좋은 물건을 값싸게 줄 수 있는 방법을 고민하는 모습이었다.

물론 이건 마을 사람들에게만 보인 극히 일부의 모습에 불과하고, 다른 곳에서는 상단의 상단주답게 이익 창출에 열심이었다.

마을에 머무를 수 있는 시간은 나흘.

여유는 아직까지 많다. 나는 카터가 돌아오는 대로 카터를 만나고, 내친김에 토키 백작도 만나볼 생각이었다. 그리고 예전에 산에서 마주쳤었던 아리온 3형제도 기억났다.

그때 토키 백작의 신병으로 들어가 군인으로서의 생활을 시작해 보라고 했었는데… 잘 지내고 있을지 궁금했다.

그 녀석들은 잘만 다듬으면 충분한 실력 발휘를 할 원석들이다.

나는 어머니와 레니에게 그동안 있었던 일을 남김없이 이야기해 주었다.

내가 마법사가 되기까지의 과정을 제외하고 말이다.

두 사람은 특히 용병단 안에서 있었던 일에 대해 듣는 것을 즐거워했다. 이야기를 할 때마다 중간중간에 크리스티나가 연관된 설명을 더 디테일하게 넣어주어 이야기의 맛을 더했다.

용병단에서 생활을 할 때는 적당한 말수를 가진 크리스티나였는데 어머니와 레니 앞에서는 청산유수처럼 계속 말을 쏟아냈다.

그리고 평소와 달리 무척이나 잘 웃었다.

그러다 보니 자연스럽게 세 여자의 즐거운 수다는 하루 종일 이루어졌다.

이야깃거리는 하루, 아니, 이틀이나 사흘을 해도 모자랄 정도로 많았다. 크리스티나는 이 대륙에 사는 사람들의 삶을 궁금해했고, 어머니와 레니는 이스티 대륙의 모든 것을 궁금해했다.

그 때문일까? 이야기 도중에 자연스레 집을 빠져나왔지만, 내가 나갔다는 사실을 깨닫고 행선지를 묻는 사람조차 없었다.

활기가 도는 집, 내게는 기분 좋은 광경이었다.

*   *   *

밖으로 나온 나는 집 주변의 길을 따라 걸었다.

마을 전반이 그렇듯이 그의 집은 옆집과 어느 정도의 간격을 두고 떨어져 있다. 그래서 산책을 할 만한 공간은 충분했고, 어느새 하루의 절반이 지났는지 서쪽 하늘로 해가 지고 있었다.

자연스럽게 목에 걸린 목걸이로 손이 갔다.

왼손에 낀 반지처럼 목걸이도 광택이 없는 정말 값싼 장신구처럼 보이는 것이지만, 아이거가 자신의 조각이라 말을 해 두었으니 더 이상 평범한 것이 아니게 되었다.

하나부터 열까지 모든 것이 새로운 경험이었던 롱 아일랜드에서의 일은 내게 벌어졌어야 할 일, 엮이게 될 인연들의 시간을 앞당기는 기폭제가 됐다. 그리고 이 목걸이처럼 예상에 없던 결과도 만들어냈다.

"아이거."

나는 차분한 목소리로 아이거를 불렀다.

그리고 고요한 적막만이 감돈다. 영혼으로만 존재하는 아이거. 그는 항상 깨어 있다.

잠들 수 없다는 것. 그것이 어떤 고통인지는 나도 알 수 없지만, 한 가지 확실한 것은 그의 침묵은 본인의 의사에 따른 침묵이라는 것이다.

잠을 자거나, 다른 생각을 하느라 내 말에 답을 하지 못할 리는 없다.

"지금 우리는 정말 의미 없는 줄다리기를 하고 있어. 누가 먼저 말을 걸고, 이를 바탕으로 주도권 싸움을 하려고 하고. 부질없다는 생각이 들지 않나?"

적막은 계속해서 이어진다.

"계약이 이루어지던 그때, 분명 너는 내가 살아온 삶과 그 삶의 배경들을 모두 보았을 거야. 나의 목표는 확실하다. 그리고 어떻게 해야 할지도 잘 알고 있지. 난 내게 주어진 능력을 어떻게 써야 할지 몰라 버둥거리는 어린 풋내기가 아니야. 네가 원하는 현신(現身)을 이루려면, 결국 내 힘이 필요한 것 아닌가?"

나는 정곡을 찔러주었다.

아이거가 어떤 생각을 하고 있든 간에 그는 나를 통하지 않으면 아무것도 할 수 없다. 무언가를 이루고 싶다면, 나를 도와야만 한다.

원한다면이 아니라, 반드시다.

"물론 네가 이 목걸이에 어떤 비밀이 숨겨져 있는지 알려주지 않는다 하더라도 내 계획에는 문제가 없어. 어차피 없던 일이었으니까. 하지만 네게는 다르겠지."

—음…….

그때, 아주 낮게 깔린 침음성이 들려왔다. 시몬을 죽이던 그날 이후, 2개월을 넘게 이어져 온 아이거의 침묵이 끝난 것이다.

"정말 의미 없다고 생각하지 않아?"

―의미 없지. 아주 의미가 없다고 할 수 있지…….

"내가 강해질 수 있도록 전력을 다해준다면, 내가 직접 약속하지. 네게 걸맞는 몸을 꼭 구해주겠다고."

―후후, 글쎄. 날 이용해 먹을 생각이 아니라고 어떻게 장담할 수 있지?

완벽하게 힘의 역학 관계는 바뀌어 있다. 아이거는 철저하게 약자의 입장에 있다. 그는 그 와중에도 어떻게든 내게서 주도권을 가져가기 위해 안간힘을 쓰고 있었다.

"네 힘의 주인이 강한 것과 약한 것, 둘 중 네게 좋은 미래가 펼쳐질 가능성이 큰 건 어느 것일까?"

나는 현실적인 예를 들어주었다. 이해하기 편하도록.

―전자겠지.

아이거가 동의한다.

"주도권 싸움… 이런 건 무의미해. 아이거, 네가 꿈꿨던 것이 있다면 이제 그 꿈을 가장 빠르고 가깝게 이뤄줄 수 있는 건 나다. 네가 아는 모든 것을 내게 알려줘. 그러면 난 반드시 네게 그 보답을 할 테니까."

―모든 것을 알려 달라? 내 밑천마저도 빼가시겠다?

"쓸데없는 힘 싸움은 하지 말자고 이미 말했어."

―내 모든 것을 달라니…….

"내게 아무런 도움이 될 수 없다면… 이 반지의 의미는 없지. 이미 나는 충분한 변화를 이끌어냈으니까 말이야."

나는 냉랭한 목소리로 답하며, 손가락에 끼고 있던 반지를 반쯤 빼내어서는 손끝에 걸쳤다. 이 반지를 그 누구의 시선도 닿지 않는 곳에 버린다면, 아이거는 영원히 반지 속에 갇힌 채로 혼자 살아가야 할 것이다.

영겁의 세월을.

—윽!

나는 미련 없이 반지를 뺐고, 아이거는 당황한 듯 탄성을 토해냈다.

"우린 적이 아닌 동반자야. 그 점을 명심해."

나는 다시 한 번 아이거에게 지금의 상황을 주지시켜 주었다.

필요에 의한 협력 관계, 어쩌면 이 말이 맞을지도 모른다.

물론 주도권은 내게 있지만.

—정말 대단하더군.

한참 동안 말을 하지 않던 아이거가 다시 말문을 연 것은 그로부터 10분 정도가 지난 뒤였다.

어느덧 서쪽 지평선 너머로 사라져 버린 해. 이제 땅거미가 짙게 깔리고 있었다.

나는 인적이 드문 길 한편에 놓인 바위에 앉아 조용히 아이거의 말에 답했다.

　"살았던 삶을 또 살고, 또 산다는 것. 썩 유쾌한 일은 아니지. 영겁을 사는 것만큼이나."

　—그런 것 같더군. 그날, 내게 모든 것을 내어줄 것처럼 보였던 건 의도된 빈틈이었고… 나는 거기에 보란 듯이 말려들고 말았지.

　"내게는 너에 대한 기억이 있으니까. 네게는 없겠지만."

　—레논, 네가 이번 삶에서 '그'가 원하는 절대적인 존재가 된다면 무엇이 달라지지? 네 고향으로 돌아가는 것, 그것이 전부인가?

　"이 지옥과도 같은 환생의 삶이 풀리겠지."

　—네게 그 고향이라는 곳이 의미가 있나? 이미 수천 년도 지난 일인데. 잊혀져도 한참을 잊혀진 과거가 아닌가?

　"그럴지도. 하지만 그 꿈마저 없다면, 내가 이런 무한 반복되는 삶을 사는 의미마저 사라져 버릴지도 모르지. 목표가 없는 삶은 살아도 사는 게 아니지."

　아이거는 내게 아주 기본적인 질문을 던졌다.

　왜 마지막 100번째 삶을 치열하게 살고자 하는지에 대한 물음이었다.

　아이거의 말대로 내가 살던 지구로 되돌아간다는 것이 무조건적인 목표라고 하기에는 그럴 시기가 지났다.

　물론 지구의 시간은 그대로겠지만… 내 기억과 삶은 수천 년이 지났으니까.

　하지만 그래도 아련한 향수가 있고, 추억이 있고, 뿌리가 있는 곳이다.

　한때는 이런 생각을 바보 같다 여겼을 때도 있었지만, 내게 유일한 삶의 목적은 그것이었다. 그게 아니라면 지금 내가 살고 있는 모든 삶은 무의미해진다.

　어차피 죽으면 끝나니까.

　―네가 원하는 최고의 자리에 오르면 무엇을 하지?

　"그가 원하는 바를 대신 이루어줬으니, 내가 원하는 바를 그가 들어주겠지."

　―장담할 수 있나?

　"나도 그렇게 바보는 아냐."

　아이거의 말에 자신 있게 답했지만 확실하지는 않다. 결과물을 보지 못하고 99번의 삶을 다시 살았으니까. 하지만 부정한다고 해서 달라질 것도 없다.

　매번의 삶에 최선을 다할 뿐이다.

　―후후, 내 인생도 정말… 평범한 삶은 못 되는군.

　"이미 네가 반지 속에 네 영혼을 봉인시킬 때부터 평범한 삶이길 포기했겠지."

―후후, 그런가. 좋아, 내가 네게 협력하는 만큼 보상을 약
속하겠다 이거지? 그때는 언제지?

아이거가 기대에 찬 목소리로 물었다.

"내가 필요한 모든 힘을 얻었을 때."

―추상적이다.

"9클래스에 이르게 된다면."

―불가능한 이야기를 하는군.

"네가 본 내 삶에서 9클래스가 불가능했나?"

―후우. 빌어먹을 놈······.

아이거는 내게 한숨과 함께 원망 섞인 말을 내뱉었다. 결국
이 힘의 줄다리기는 내 승리였다.

"약속은 반드시 지킬 거야. 그러니 내게 협력해. 그게 너와
내가 함께 공존하는 길이다."

―시간, 시간이 조금 필요하다. 내가 생각을 정리할 시간
이.

"얼마든지."

아이거의 대답에 나는 고개를 끄덕였다.

시간이야 충분했다.

나는 자리에서 일어나, 다시 길을 따라 걸었다. 한가로운
마을 길가에서의 산책. 그 여느 때보다도 여유롭고 한산한 발
걸음이었다.

＊　　　　＊　　　　＊

　—알다시피 나는 내가 가진 힘, 그리고 내 영혼을 봉인시켰
다. 바로 다크 링에. 가장 원천적인 힘이 반지에 있는 것은 변
함이 없지. 내가 여기에 있으니.

　"그렇겠지."

　—하지만 사람들은 잘 모르는 것이 있다. 반지에 내 스스로
의 영혼을 가두기 전, 봉인을 해제할 수 있도록 주문서를 만
들었을 때… 나는 반지 외에도 여러 가지 장신구를 함께 만들
었다. 내 힘을 한곳에 모두 담기엔 한계가 있었으니까.

　"그중 하나가 목걸이인 건가?"

　—목걸이뿐만이 아니다. 팔찌, 귀걸이, 그리고 보석의 형태
로도 존재하지. 그중 하나를 네가 지난번의 전투로 얻은 거
다. 원래 목걸이의 주인은 그저 평범한 어떤 꼬마 아이였다.
만들어지고 난 뒤, 10년 동안은 내가 걸어둔 탐지 마법 덕분
에 위치와 주인을 알 수 있었으니까. 하지만 그 뒤로는 알 수
없었지.

　"시간이 너무 많이 흘렀을 테니."

　—그렇지. 다만 작정하고 탐지를 하려 한다면 1㎞ 반경 정
도 안에서는 그 기운을 느낄 수도 있을 것 같군. 내가 만든 장

신구니까. 하지만 어디에 있을지는 나도 알지 못해. 그때는 정말 예상치도 못한 장소였기 때문에… 나도 기운이 느껴질 거라고는 생각조차 못 했던 거다.

"그럼 남은 팔찌와 귀걸이, 보석의 기억은?"

아이거의 조각들. 100번째 삶이 되어서야 비로소 처음 듣게 된 이야기에 나는 깊은 호기심이 들었다.

아이거의 말대로 누구의 손에 들어갔는지도 모른 상태로 수백 년이 흘렀으니… 그 역시 자연스레 잊어버렸을 것이다.

롱 아일랜드에서 있었던 시몬과의 만남은, 나는 알지 못했고 아이거는 잊고 있었던 기억을 떠올리게 만들어준 것이다.

—팔찌는 오크들의 땅에, 보석은 페르페논 제단에, 귀걸이는 드래곤들의 땅에 버렸지. 그리고 각각 블랙 오크 로드, 이스마엘 대사제, 레드 드래곤의 손에 들어갔어. 그게 내 마지막 기억의 전부다. 지금은 어디로 갔을지는 나도 알지 못하지.

"참 다양한 곳에 뿌려두었군."

—나름대로의 안배라고나 할까. 하지만 이 조각들은 본체가 없이는 아무 의미가 없어. 그저 장신구에 불과할 뿐.

"페르페논 제단이면… 마도국 자르가드의 수도에 있는 그

제단을 말하는 거겠군."

　—대사제의 손에 들어갔으니, 제단 어딘가에 고이 모셔져 있겠지. 다크 링을 손에 넣지는 못했으니 아마 진귀한 보물 정도로 여겨질지도 모르지. 느껴지는 마나의 힘 정도는 있을 테니까.

"전부 모으는 게 쉽지는 않겠군."

　—하지만 모으면 지금보다 더 큰 힘을 네게 줄 수 있을 거다. 이미 지금으로도 넌 특별한 존재인 것 같지만 말이다. 클클클.

　아이거는 자신의 이야기에 몰입하여 듣고 있는 내 모습에 흡족함을 느꼈는지, 특유의 광기 어린 웃음을 흘렸다.

"그럼 이 목걸이의 힘은 지금 구현해 낼 수 있다는 이야기인데. 그렇지 않아?"

　—나는 좀 더 너를 괴롭히고 싶지만.

"그게 의미 없다는 것을 가장 잘 알고 있지."

　—방법은 간단해. 네가 걸고 있는 목걸이의 일부를 네가 끼고 있는 다크 링에 접촉시키면… 그게 끝이다. 되물을 필요 없다. 정말 그게 전부니까.

　거창한 의식이나 과정이 있을 줄 알았던 나는 생각보다 간소한 결합 방식에 의외라는 느낌이 들었다.

　파앗. 팟. 팟.

파팟!

목걸이와 반지를 접촉시키자, 회백색의 기운이 불꽃처럼 튀어나오기 시작했다.

그렇게 접촉을 몇 번 더 반복하자, 목걸이에서 일순간 회백색의 기운이 빠르게 감돌더니 이내 몸속으로 순식간에 파고들었다.

"음······!"

묵직하게 마나 홀을 파고드는 특이한 느낌에 나는 탄성을 내질렀다.

아주 잠시 동안 숨이 멎을 것처럼 가슴이 답답해져 오다가, 이내 뻥 뚫리는 시원한 느낌과 함께 마나 홀을 가득 채운 기분 좋은 느낌이 전해졌다.

"마나의 총량이 늘어났군."

─목걸이는 앞으로 네가 보유하고 있는 마나 홀의 크기를 20% 이상 늘려줄 거다. 클래스가 높아질수록 더 큰 효과를 볼 수 있겠지. 전장에서는 마법 한 번을 더 쓰느냐, 못하느냐로 생사가 갈리니까.

"괜찮은데?"

─나머지를 찾는 건 네 몫이다. 다만 수시로 주변에서 느껴지는 다른 조각들의 기운이 있는지는 알아봐 주도록 하겠어. 하지만 위치는 나도 알지 못해.

"아이거, 네 선택을 후회할 일은 없을 거다."

―후후, 내가 후회할 것이 있다면 네놈이 무서운 놈이라는 걸 예상조차 하지 못한 것이겠지. 그럼 오늘은 이 정도로 대화를 끝낼까. 이야기가 너무 길었군…….

아이거가 일방적으로 말을 끊고는 다시 긴 침묵에 빠져 들었다.

아주 잠깐 사이에 나는 다른 마법사들은 몇 년을 고생하고 노력해도 쉽게 이룰 수 없는 변화를 만들어냈다.

나는 자연스럽게 아이거의 남은 조각들에 관심을 가질 수밖에 없었다. 과연 나머지 조각들은 지금, 누구의 손에 들어가 있는 것일까.

그나마 가장 찾을 가능성이 높은 물건은 보석으로 페르페논 제단에 마지막 기억을 두고 있는 물품이었다.

마도국을 방문하는 것이 쉬운 일은 아니다. 제국에서 파견한 공식 사절단이 아니면, 국경을 넘는 자체가 중죄(重罪)인 스페디스 제국의 법도 때문이다.

통치 사상과 숭상하는 마법, 모시는 신까지 모든 것이 다른 마도국 자르가드는 신성 제국인 스페디스 제국과는 물과 기름처럼 섞일 수 없는 존재였다.

정답은 잠입밖에 없다.

여러 가지로 제약이 많지만, 더 큰 힘을 위해서라면 충분히 시도해 볼 만한 도전이기는 하다.

　우선 나는 아이거로부터 들은 이야기들을 다시 한 번 기억 속에 새겨두었다.

　아이거의 조각들, 그것은 분명 내게 큰 힘이 될 요소들 중 하나임은 확실했으니까.

11장

다시 메디우스를 부르다

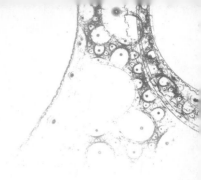

　내가 잠시 동안의 외출을 마치고 온 사이. 집에는 손님 하
나가 더 늘어 있었다. 카터가 생각보다 일찍 마을로 돌아온
건가 싶었지만, 아니었다. 새로이 들린 목소리의 주인공이 여
자였기 때문이다.

　아이린이다.

　"어때요? 레논 오빠는 용병단에서 어떤 사람인가요? 크리
스티나 씨도 레논 오빠를 좋아하시나요? 아니면… 그냥 친
구? 어떤 사이예요?"

　"……."

문틈 사이로 아이린의 목소리가 들려왔다.

반갑지는 않은 목소리다.

"왔구나, 아이린."

"어, 레논 오빠! 기다리고 있었어요!"

어느새 굳어버린 표정을 고친 나는 아이린에게 인사를 건넸다.

그녀를 싫어하는 마음에는 변함이 없다. 하지만 아이린이 나를 좋아하는 것이 죄는 아니다. 모질게 굴 이유는 없었다. 그리고 카터의 소중한 여동생이기도 했으니까.

단숨에 내게 달려온 아이린은 내가 어찌할 새도 없이 품에 와락 안겨 버렸다.

"반갑네. 언제 왔어?"

"방금요!"

"레논, 여자 친구가 있었어? 난 몰랐네. 아이린이 무척이나 궁금한가 봐. 아까 전부터 계속 네 얘기만 하고 있었거든."

"여자 친구 아니야. 내가 아끼는 친구의 여동생이지."

나는 혹여나 오해가 생길세라 바로 선을 그었다. 바로 옆에서 이 말을 듣게 될 아이린의 마음이 편치는 않겠지만, 내가 생각해 줄 부분은 아니다.

마을에 돌아오면 다 좋은데 아이린과의 관계가 껄끄러운 것이 문제였다.

정작 본인은 아무것도 모르는 것 같지만.

"마, 맞아요! 여자 친구는… 아니에요. 아니죠. 크리스티나 언니가 오해하신 거예요!"

아이린은 되려 내가 기분 나빠했을 것이라 생각했는지 내 말에 맞장구를 쳤다. 잠깐 사이에 상처를 받았지만 나에 대한 감정으로 상처를 잠시 묻어두었을 아이린의 마음이 느껴지자 마음이 더 불편해졌다.

악연 아닌 악연.

아이린과의 접점이 늘어날수록, 내가 생각해야 할 것들은 많아진다.

"아이린, 카터는?"

"카터 오빠는 예정보다 일정이 빨리 끝나서 좀 있으면 올지도 몰라요! 바로 돌아오고 있다고 했거든요."

다행이었다. 아이린과의 만남으로 껄끄러웠던 차에 카터를 조기에 일찍 볼 수 있게 되었다니.

카터를 만나면 그간 어떤 일들이 있었는지 이야기를 듣고, 이제 정점을 찍었을 키아그라 사업의 다음 아이템에 대한 조언도 해줄 생각이었다. 곧, 키아그라에 이어 큰 인기를 끌기 시작할 좋은 아이템에 대한 기억이 내게 있기 때문이다.

*　　　*　　　*

"레논, 너……."

"할 이야기가 많다. 그렇지?"

"하… 아니, 난 처음에 거짓말인가 했다. 네가 어떻게 마법사가 될 수 있냐? 처음에는 누가 나한테 사기를 치려는 건 줄 알았어. 아니 말이 안 되잖아, 네가 마법사라니? 평민이 마법사가 된다는 것, 진짜 엄청 힘든 일이잖아. 하늘에서 타고난 운명이어야 하잖아?"

"후후, 운이 좋아서 그래."

"그게 운이라는 말 한마디로 해결이 되냐?"

"안 될까?"

"에라, 모르겠다. 어쨌든 반갑다! 네가 왔다는 소식을 전해 듣고, 일정도 미리 정리하고 온 거야. 시간을 다툴 정도는 아니니까, 그러면 내 반가운 친구를 보러 와야지. 그렇지 않냐?"

그날 저녁.

나는 우리 집에서 카터를 만나고 있었다.

졸지에 우리 집은 사람들로 가득했다.

어머니, 레니, 크리스티나, 아이린, 나, 카터. 이렇게 여섯 사람이 한집에 모여 있으니 시끌벅적했다. 나는 카터와 이야기를 나누기 위해 자연스럽게 밖으로 나왔고, 네 여자는 한데

모여 이야기꽃을 피웠다.

아이린은 내심 우리를 따라 나와 이야기를 하고 싶어 하는 눈치였지만, 오빠인 카터가 미리 눈치를 줬는지 몸을 움찔하고는 말았다.

"장사는 어때?"

"할 만해. 백작님이 확실하게 힘을 실어주니까, 문제는 없지. 물론 그만큼 견제도 좀 들어오는 것 같지만 키아그라 사업이 아주 큰 원동력이 됐어. 이제 키아그라는 우리 상단이 다루는 물품 중 하나일 뿐이고, 차근차근 범위를 넓혀왔으니까. 좋은 흐름이야."

확실히 카터는 수완이 좋았다. 사람을 대하는 일이나, 중요한 관계에 있는 사람을 대접함에 있어서도 소홀함이 없었다.

게다가 웬만해서는 다른 상단의 주력 사업을 건드리거나, 이권 분쟁에 개입하는 식으로 필요 없는 소모전을 하지도 않았다.

그러다 보니 자연스럽게 틈새시장을 파고들면서 상권을 넓히는 그림이 됐고, 무리 없이 성장해 올 수 있었던 것이다.

아직까지 카터의 상단이 견제를 받을 시기는 아니다.

내가 가장 주시하고 있는 상단은 바로 칼로크 상단이다.

현재도 이미 대형 상단으로 존재하는 곳 중 하나이고, 훗날 제국을 대표하는 군상으로 거듭나게 되기 때문이다.

칼로크 상단의 상단주인 칼로크는 아주 악독하기로 유명한 인물이었다.

목적을 달성하기 위해서는 수단과 방법을 가리지 않았고, 그것이 심지어 사람을 죽이는 일이라도 서슴지 않았다. 물론 자신의 손에 직접 피를 묻히지는 않았다. 그래서 더 비열하고 비겁하지만, 그런 식으로 원하는 바를 반드시 이루는 사람이기도 했다.

아직 카터의 상단이 칼로크의 주목을 받지 않은 것은 여전히 큰 그림으로 봤을 때는 그저 수많은 영지 중 한 곳에서 이제 막 두각을 드러내고 있는 작은 상단이기 때문이었다.

하지만 이제부터는 얘기가 좀 달라질 것이다.

내가 카터에게 한 번 더 힘을 실어주면 카터는 이를 토대로 더 많은 발전을 이뤄낼 것이고. 자연스럽게 칼로크 상단의 귀에 들어갈 만한 위치까지 성장하게 될 테니까.

카터와의 대화는 계속 됐다.

카터는 내게 몇가지 놀라운 사실들을 알려주었다. 토키 백작을 통해 알게 된 다른 귀족들과의 인맥을 이용해, 벌써 스페디스 제국의 수도에 사업의 발판을 마련할 기반을 다져 놨다는 것이다.

로디스 영지의 특산물, 그리고 특산품과 전통 공예품들을 판매할 수 있는 상점을 개설한 것인데, 초기 반응이 아주 좋다고 했다.

예상보다 파격적인 행보.

카터의 움직임은 내 생각보다 빨랐고, 더 적극적이었다. 긍정적인 흐름이지만, 내 기억보다 조금 이른 시점에 이런 일이 생기니 이후에 벌어진 일들에 대한 감을 잡는 것이 쉽지 않았다.

여전히 큰 틀을 놓고 보면 내가 파악 가능한 범주 안에서 일이 흘러가고 있지만, 롱 아일랜드의 일이나 아이거의 조각, 그리고 카터의 파격적인 행보는 하나하나가 모두 변수인 것이다.

"카터. 내 말을 얼마나 믿어?"

"너 꼭 중요한 이야기를 할 때 그걸 먼저 물어보는 것 같더라. 내가 나보다 더 믿는 게, 레논 너인 것 모르냐?"

"좋아. 그럼 내가 앞으로 유행할 물건들에 대해 알려줄게. 네가 믿는 만큼 투자하면, 그만큼의 성과가 있을 거야."

"어디서 입수한 정보야?"

"용병단 생활을 하다보면 귀족가의 고급 정보를 얻을 수 있는 기회가 많아. 의뢰자들이 보통 귀족들이 많으니까. 이미 유행의 조짐이 보이고 있는 상품이야. 미리 준비를 하는 게 좋아."

"뭔데?"

이미 내가 제안한 아이템, 키아그라로 대성공을 거둔 만큼 카터는 반문 혹은 의문 어린 시선 없이 대화에 집중하는 모습이었다.

"이제 귀족가의 여인들 사이에서 특정한 색깔을 내는 화장품이 대유행을 하기 시작할 거야. 핑크, 바이올렛 컬러를 내는 립스틱 말이야."

"입에 바르는 그 립스틱 말하는 거야? 제작 공정이 상당히 까다로운 걸로 알고 있는데… 그 색은 특히 더 만들기 힘들지 않아?"

"그래서 미리 선점을 해야 해. 관련된 염료들도 가격이 오르기 전에 구매해 두고, 제작하는 사람들도 미리 포섭해 두면 좋겠지. 곧… 다이애나 공주가 제국 건국 기념절에서 바르고 나올 거야. 그때부터 순식간에 유행이 퍼져 나가는 거지."

"건국 기념절이면 한 달도 채 남지 않았는데?"

"이제 준비해도 늦지 않아. 다음 아이템은 화장품이야, 카터."

"좋아. 그럼 그렇게 준비… 잠깐, 그런데 공주님이 그 화장품을 바르고 나올 것은 어떻게 아는 거야?"

카터가 예리하게 질문을 던졌다.

이야기에 집중하다 보니 나 역시 미래의 일을 아는 것처럼 이야기한 꼴이 되어버렸다. 하지만 실수를 만회할 핑계는 충분했다.

"고급 정보라고 했잖아. 공주님의 의상, 화장, 헤어스타일 같은 것을 아는 일은 그렇게 어려운 일이 아냐. 다만 우리 같은 사람들이 관심을 깊게 가질 일이 아니기 때문에 모르는 거지."

"좋아, 그럼 준비를 해볼게. 네 말은 틀린 적이 없었으니까."

"그럴 일 없을 거다."

나는 카터의 말에 고개를 끄덕여주었다. 이 정도면 카터를 만난 소기의 목적은 달성한 셈이다.

앞으로 카터의 발전 가능성은 무궁무진하고, 그만큼 따라오는 수익의 일부가 나와 우리 가족에게 전해질 것이다.

더 고맙고 다행인 점은 카터가 이런 수익 분배에 대해 전혀 불만을 가지고 있지 않다는 점이다. 카터는 내가 미안하다는 감정을 느낄 정도로 오히려 내게 고마워했다.

지금의 자신이 있게 만들어준 것은 내 덕분이라면서.

어쩌면 레논으로서의 삶에서 가장 큰 버팀목이자 기반이 되는 건, 마법 같은 힘이 아닌 카터일지도 모른다.

그저 바라는 것이 있다면, 카터가 항상 내 친구로서 곁에 있어주는 것이다.

아무런 위험에 휘말리지 않고.

*　　　*　　　*

첫날은 아이린과 카터와의 만남이 있었고.

둘째 날에 나는 토키 백작을 찾아가 안부 인사를 올리고, 양해를 구한 뒤 신병들이 훈련받고 있는 곳을 방문할 수 있었다. 아리온 3형제가 있을지 궁금했기 때문이다.

"어! 형님!"

"형님, 그 뒤로 언제 뵙나 했는데… 드디어 뵈었군요!"

녀석들은 나를 반갑게 맞이했다. 아리온, 에이론, 미리언 모두 성공적인 입단 훈련을 마친 뒤, 동년배의 군인들 중 가장 실력 있는 녀석들로 분류되어 정예 훈련을 받고 있는 중이라고 했다.

로디스 영지에는 아리온 3형제처럼 나이가 어리지만, 높은 가능성이 보여 토키 백작의 직접 지시 아래 체계적인 훈련을 받고 있는 어린 병사가 많았다.

먹고 자는 것에 대한 걱정 없이 훈련에만 집중하면 됐고, 그래서 다른 영지에 비해 군인들의 수준이 높았다.

이대로 꾸준한 관리 아래 실력을 키워 가면 3형제들은 지금과는 비교도 되지 않을 정도로 두각을 드러내게 될 터다.

영지에서 잘 훈련을 받고 있는 것을 확인했으니… 그 정도

274 환생 마법사

면 충분했다.

사적으로 이 녀석들을 불러다가 맛있는 것을 사줄 수도 없었고. 이렇게 개별적으로 잠시나마 만난 것도 토키 백작의 배려가 있었기 때문이었다.

"자주 보자. 영지로 올 때마다 들릴 테니, 항상 멋진 모습 보여주길 기대하마."

"예, 형님! 걱정 붙들어 매십쇼!"

기세 좋게 대답하는 세 녀석들의 모습이 귀엽다. 마치 재롱을 부리는 어린 손주를 보는 느낌이랄까. 지금의 내 몸은 이제 열일곱의 청년에 불과하지만, 체감의 세월은 매우 길다.

이런 이질감은 때때로 많은 생각을 하게 하지만 싫지는 않다.

그게 내가 삶을 즐기는 이유이기도 했으니까.

3형제와의 만남이 끝나고 나는 토키 백작을 다시 만났다. 긴히 하고 싶은 이야기가 있다는 토키 백작의 말에 나는 어느 정도 직감을 했다.

4서클의 청년 마법사.

그 타이틀 하나만으로 이미 마법 아카데미의 부학장이 직접 방문을 했을 만큼, 내 이름은 유명해졌다.

유능한 마법사를 곁에 두고 영지의 전력으로 활용하고 싶은 것은 어느 영지의 영주를 만나도 똑같다. 토키 백작 역시 다를 게 없는 것이다.

"아직은 그럴 생각이 없다?"

"예, 그렇습니다. 이제 용병단 생활을 갓 시작한 마당이고… 해보고 싶은 것이 많습니다."

"후후, 영지 내 마법사 중에서 최고의 대우를 해주겠다고 해도 말이지?"

"죄송합니다."

"아니, 죄송할 것까진 없지. 내가 강제할 수 있는 건 없어. 다만 제안을 해본 것이니, 부담 가질 것 없지."

토키 백작은 처음부터 파격적인 제안을 했다.

자신이 정계에 아는 관리들이 많은 만큼, 원한다면 귀족 신분을 얻을 수 있게 손을 써주겠다고도 했다. 영주의 제안 치고는 아주 음성적인 것이었지만, 그만큼 확실한 승부수로 유혹을 하고 싶었던 모양이었다.

나는 토키 백작의 제안을 정중히 거절했다. 이런 방식으로 내 지위를 올리는 것은 아무런 도움도 되지 않는다.

스페디스 제국은 훗날 있을 이종족과의 전쟁을 대비해, 나의 기반이 되어주어야 할 국가다. 토키 백작의 제안대로면 나는 부귀영화와 신분을 얻겠지만, 명예와 평판을 잃을 것이다.

그 즉시 호사가들의 입방아에 오르내리며 본전조차 뽑을 수 없을 처지에 이를 터. 뻔한 미래가 보이는 선택을 하고 싶지는 않았다.

하지만 무턱대고 거절을 하는 것은 승낙을 하는 것보다도 더 좋지 않다. 그래서 나는 케플린 공작과의 대화에서도 그러했고, 토키 백작과의 대화에서도 정중한 거절을 하는 것을 잊지 않았다.

그렇게 해야 뒤끝이 적게 남고, 오히려 아쉬움이 서로에게 남아 여운을 줄 수 있다.

"그나저나 자네는 아직 소문을 못 들었을 수도 있겠군. 아들을 가졌네, 첫째 부인이. 아주 희소식이지."

"정말입니까? 축하드립니다!"

"모두 다 그대와 카터가 개발한 약제 덕분 아니겠나? 효과를 보고 있는 친구들도 많으니… 이젠 남자들의 필수품이 되었지. 지금도 그 부분은 항상 고맙게 생각하고 있어."

"아닙니다."

"좋아, 오늘의 이야기는 서로의 마음을 교환한 것으로 그 뜻을 되짚도록 하지. 수고 많았네. 푹 쉬다가 용병단으로 돌아갈 수 있길 바라지."

"감사합니다, 백작님."

"후후, 다음번에는 더 큼지막한 제안을 가지고 올 거야. 기대하라고."

"예, 기대하겠습니다!"

나는 넉살 좋게 토키 백작의 말을 받아주고는 조심스럽게 집으로 발길을 돌렸다. 이렇게 해서 영지 내에서 만나볼 만한 사람들은 다 만나본 것 같았다.

남은 것은 이제 잔여 휴식기 동안 케플린의 제안을 어떻게 현명하게 거절할지를 고민하고, 생각을 정리하는 일이었다.

토키 백작은 에둘러 제안을 거절하는 것이 부담이 없었지만 케플린은 이야기가 달랐다.

그는 야심가이자, 동시에 옹졸하고 마음이 좁은 사람이다. 내가 승낙이 아닌 거절을 한다면… 그게 정중하든 그렇지 않든 간에 분명 트집을 잡을 가능성이 컸다.

"어떻게 하는 게 좋을까……."

집으로 돌아오는 길.

나는 귓가를 계속해서 스쳐 가는 바람의 흐름마저도 잊어버릴 정도로 골몰히 생각에 잠겨 있었다. 변수는 나로 하여금 수많은 생각을 할 수밖에 없도록 만들고 있었다.

도대체 어디서부터 내가 계획했던 삶의 방향이 틀어지기 시작한 걸까. 시작은 크리스티나였다. 하지만 이제 와서 그녀를 탓할 이유는 없었다.

"메디우스."

그 순간, 나는 익숙한 이름 하나를 떠올렸다.

　바로 나와 블레도스 산에서 인연을 맺은 대마법사, 메디우스였다.

＊　　　＊　　　＊

　메디우스를 떠올린 것은 단순히 그가 내게 남긴 스크롤 때문은 아니었다. 물론 그때의 인연 덕분에 언제든 메디우스를 부를 수 있는, 즉 소원을 하나 빌 수 있는 기회가 주어지기는 했다.

　내가 메디우스를 떠올린 이유는 지금 마침 메디우스가 스페디스 제국의 마법 아카데미에 머물며, 가르침을 전파하고 있었기 때문이다.

　그가 9서클의 대마법사가 된 이후, 각국에서 그를 초청하려는 요청이 쏟아졌다. 앞을 다투어 천문학적인 초청 액수를 부를 정도였다.

　대마법사의 깨달음이 담겨 있는 가르침이라면 단 한 줄의 내용을 듣더라도 마법사들에게 전해지는 메시지가 다르기 때문이다.

　마법사로서의 깨달음, 혹은 숨겨진 연성 비법 같은 것을 전해들을 수 있다면 더더욱 좋았다.

그 한마디에 수년간 노력해야 할 과정이 수개월, 혹은 수일로도 줄어들 수 있기 때문에 마법 학도들은 초청에 필요한 자금은 얼마든지 대겠다고 할 정도였다.

메디우스는 빗발치듯 쏟아지는 요청에 결국 자신의 고향이기도 한 스페디스 제국을 시작으로 각국을 돌며 무료 강연을 하겠다고 공언했다.

각 나라마다 일정한 기간 동안 머물기로 계획을 세웠고, 그래서 현재 그는 마법 아카데미에 머물면서 후학을 양성하고 있었다.

물론 그 기간 내내 수업만 하는 것은 아니어서, 매주 1회의 특별 강의식으로 내용이 진행됐다. 나머지 시간들은 메디우스의 자유 시간으로 주어졌고, 들리는 소문에 의하면 그 기간 동안 인적이 드문 산속에서 자신만의 시간을 갖는다고 했다.

지금의 메디우스라면 케플린 공작보다 충분히 큰 영향력을 가지고 있다. 케플린 역시 마법사로서 메디우스를 존경하는 만큼, 메디우스의 말이라면 어느 정도 먹히는 바가 있을 것이다.

"흘러가는 이 흐름을 즐겨야 하려나… 이렇게 되면, 정말 대대적으로 내 이름을 알리는 꼴이 되겠군. 이것 참, 후후."

나는 허탈함과 기대감이라는 역설적인 두 감정이 섞인 묘한 웃음을 지었다. 가급적 과거의 기억에서 벗어나지 않는 흐름으로 미래를 만들어 나가려고 했는데, 갈수록 흐름이 틀어지는 느낌이다.

내가 정리한 생각은 다음과 같다. 가장 깔끔하게 이 껄끄러운 상황을 매듭지을 수 있는 방법이다.

그것은 공식적으로 메디우스의 제자가 되는 것이다.

그러면 케플린이 나를 데려가고 싶어 하더라도 메디우스의 눈치를 보지 않을 수 없게 된다.

메디우스의 심기를 거스르고 싶어 하는 사람은 아무도 없다. 적어도 생각이 박힌 사람이라면.

하물며 눈치가 빠르고 셈이 좋은 케플린이 무리를 할 리 없다.

"스크롤을 이렇게 쓰게 될 줄이야."

언젠가 쓰게 될 것이라 예상은 했지만, 시기가 좀 빨랐다. 차라리 잘된 것 같기도 했다. 어쩌면 메디우스도 나를 만나고 싶어 할지도 모른다. 메디우스를 만났던 그날 이후, 나의 많은 것이 달라졌으니까.

나는 예정보다 하루 일찍 용병단으로 돌아가 메디우스를 보기로 결심을 굳혔다. 그 다음에 자연스럽게 케플린을 만나면 이야기는 쉽게 풀릴 것이다.

*   *   *

시간은 빠르게 흘렀다.

나는 집에서 머물며 어머니와 레니와 함께 즐거운 시간을 보냈다. 함께 시장에 나가 내가 입을 옷과 어머니와 레니가 입을 옷을 사기도 했고, 레니가 갖고 싶어 했던 목걸이도 샀다.

어머니는 내 손에 끼워진 반지와 목에 걸린 목걸이의 출처를 궁금해했다. 떠나기 전에는 없었던 장신구니까. 나는 용병단에서 무사 귀환을 비는 주술적인 의미가 담긴 장신구라고 어머니에게 둘러댔다.

그리고 저녁이 되면 집 근처의 언덕에 올라가 마법을 하나씩 보여주었다. 간단한 파이어 볼부터 순식간에 위치를 이동시키는 블링크 마법까지.

내가 마법을 하나씩 시연할 때마다 어머니와 레니는 탄성을 내질렀다.

전장이 아니라면, 군인이나 마법사가 아니고서야 이렇게 직접 두 눈으로 마법을 볼 기회는 흔치 않다. 두 사람이 신기해하는 것은 너무나도 당연한 일이었다.

아이린은 매일 같이 내 집을 찾아왔다. 먹을 것을 잔뜩 만들어가지고 찾아와서는 어머니와 레니에게 나누어주고 내게도 건네주었다.

카터가 다시 상행을 떠나고 없었기 때문에, 어머니는 그동안 레니와 격 없이 지냈던 아이린이 집에서 오래 머무는 것을 불편해하지 않았다.

물론 내게는 아니지만.

나는 아이린과 확실하게 선을 긋기 위해 떠나기 전의 전날 밤 아이린과 단둘이 대화할 수 있는 자리를 만들었다. 주변의 시선으로부터 자유로운 집 근처의 어느 작은 공터에서의 대화였다.

"오빠… 무슨 일이에요?"

아이린의 얼굴은 수줍은 듯, 붉어져 있었다.

나오기 전, 크리스티나가 재밌는 시간 보내고 오라며 손짓을 하던 그 말이 생각나서였을까? 내심 무언가 내게서 어떤 말이 나오기를 바라고 있는 눈빛이었다.

레니에게 들어보니, 내가 떠나있던 2개월 동안 매일 같이 어머니와 레니를 마치 친딸, 친언니가 된 것처럼 대하고, 함께 지내왔다고 했다.

호감이 있는 여자가 우리 집안사람에게 그런 일을 한 것이라면 얼마든지 기쁘게 받아들일 수 있겠지만, 아이린은 이야기가 다르다.

과거의 기억 속에서도 나는 몇 번이고 아이린과 선을 그으려 했었다. 실제로 선을 긋기도 했다. 하지만 이렇게 가족과 주변 사람들이 엮여들어 가게 되면서, 나중에는 그야말로 불가항력적인 상황이 만들어지곤 했던 것이다.

"아이린."

"네?"

"언제 좋은 소식 전해줄 거야? 멋진 남자 친구가 있으면 내게 알려주기로 했잖아?"

"음… 마음에 드는 사람이 없어서요."

"왜?"

"눈에 차지 않아요. 카터 오빠가 소개해 줘서 이 사람 저 사람 만나봤지만, 전부 제 마음에 안 들던걸요."

"그래?"

"네, 그래서 생각이 없어요."

"나를 좋아해서 그런 건 아니고?"

나는 좀 더 직설적으로 말을 걸었다. 그 순간, 아이린이 몸을 움찔거리며 놀란 표정으로 나를 바라보았다.

마치 속마음을 들켰을 때 당황하는 모습을 보는 듯한 느낌이었다.

그렇게 노골적으로 마음을 표현하고 있는데, 알아채지 못하는 사람이 있다면 둔해도 엄청은 둔해야 할 텐데 말이다.

"그게……."

아이린이 부끄러운 듯, 고개를 숙였다. 순간, 아주 잠깐 마음이 약해질 것 같다는 생각이 들었다.

　이내 원래대로 돌아왔지만, 아이린의 지금 모습은 순진하게 한 남자를 사랑하는 해바라기 같은 여자의 모습, 그대로였다.

　이번 일로 인해 카터로부터 욕을 듣거나 주먹을 흠씬 두들겨 맞을지언정, 그래도 선은 확실하게 그어야 한다. 그래야 반복되는 악연을 막을 수 있다.

　"아이린, 더 이상은 나를 좋아하지 않았으면 해. 내게는 이미 서로 마음을 두고 있는 연인이 있어. 이미 알고 지낸지 오래된 사이이기도 하고. 재수 없게 들릴지도 모르겠지만 아이린, 네게 상처를 주고 싶진 않다. 희망 고문도 하고 싶지 않고."

　"……."

　그 순간, 아이린이 고개를 푹 숙인 채 아무 말 없이 눈물을 쏟아내기 시작했다. 소리조차 내지 않아 더 슬프게 느껴지는 그런 눈물이었다.

　"아이린을 더 아껴주고 챙겨줄 수 있는 사람은 많아. 내가 아니더라도."

　"…그게 오빠의 진심이에요?"

　"응."

　되묻는 아이린의 말에 나는 고개를 끄덕였다.

아이린의 눈에서는 하염없이 눈물이 흘러내리고 있다. 나를 바라보는 눈빛 속에는 원망도 섞여 있는 것 같다.

하지만 이렇게 모질게 굴지 않으면, 앞으로 중요한 시기에 생각지도 않은 일로 발목을 잡히는 일이 생길 것이다. 나는 후회하지 않았다.

"그 얘기를 하려고 이렇게……."

"꼭 해야 하는 말이었으니까."

"먼저, 먼저… 갈게요. 먼저……."

아이린이 말끝을 흐리며, 점점 내게서 멀어져 갔다.

나는 한참 동안을 제자리에 선 채로 있었다. 이대로 집으로 돌아갈 아이린의 모습을 굳이 보고 싶지는 않았기 때문이다.

그렇게 시간 차를 두고 집에 돌아오니, 아이린은 짐을 싸서 집으로 돌아가고 없었다.

그 사이 어머니와 레니, 그리고 크리스티나에게는 당분간 해야 할 일들이 많아, 함께 시간을 보내지 못할 것 같다는 말을 남겼다고 했다.

그 사이 눈물을 닦아내고 아무렇지 않은 표정을 지었는지, 집에 있던 세 사람은 무슨 일이 있었는지 짐작조차 하지 못하는 눈치였다. 심지어 눈썰미가 좋은 크리스티나까지도.

그렇게 아이린과의 인연은 정리된 것 같았다. 일단은.

내가 휴식기를 맞이해 키리아트 마을에 온 이유. 그 마지막

이유였던 아이린과의 관계 정리로 마을에서 필요했던 일들은 모두 끝이 났다.

이제부터는 더 바쁘게, 더 눈코 뜰 새 없는 시간이 계속 될 터다. 첫 단추는 메디우스를 만나는 일로 시작될 것 같았다.

명실상부한 대륙 최고의 대마법사가 된 그. 예전과 완벽하게 달라진 내 모습을 그에게 보여주고 싶었다.

*　　　*　　　*

이튿날.

어머니와 레니에게 작별인사를 한 나와 크리스티나는 닷새 동안의 휴식을 마치고 다시 테노스 용병단으로 떠났다.

크리스티나는 닷새 동안 어머니와 레니와 함께 지내며, 그녀 나름대로의 '힐링'이 된 느낌이었다.

붙임성 좋은 레니의 성격과 모든 이들에게 친절한 어머니의 성격은 크리스티나에게 기분 좋은 경험이 되었을 것이다. 그 덕분인지 크리스티나는 마을로 오기 전에 비해 훨씬 밝은 표정으로 용병단으로 향하는 길을 함께 하고 있었다.

"즐거운 시간이었어. 가족의 소중함이라는 게 이런 거구나 싶었어. 고마워, 레논."

"다음에도 기회가 있으면 함께 와도 나쁘지 않을 것 같은데. 너무 부담 가질 필요는 없어."

"정말? 그래도 될까?"

크리스티나는 특히 레니를 마음에 들어 했다. 언니, 언니 하면서 살갑게 구는 레니의 모습은 순진 그 자체였으니까.

"얼마든지."

"그런데 말이야, 래논. 아이린 그분, 정확히 어떤 사이야?"

듣는 귀, 보는 눈이 사라졌기 때문일까? 크리스티나가 꺼내지 않았던 아이린에 대한 이야기를 꺼냈다.

"절친한 친구의 여동생. 그게 전부야. 아무것도 없어."

"그런데 왜 그 아가씨는⋯ 레논을 마음에 들어 할까? 아니, 레논을 이미 좋아하고 있는 것 같았어."

"나는 마음에 두고 있지 않아. 아무런 사이도 아니야."

"흐음⋯ 레논을 보는 눈빛이 정말 달랐거든. 그래서인지 날 보는 시선도 곱지 않았어. 처음엔 내가 레논을 사귀고 있는 게 아닌가 의심했거든. 하나부터 열까지 다 물어보고⋯ 좀 그랬었어."

크리스티나의 심정이 충분히 이해가 갔다.

아이린, 애증의 이름.

이번의 대화로 나에 대한 아이린의 마음이 완벽하게 끝맺음이 됐기를 바랐다. 그렇지 않으면 지금보다 더 강한 수단을 써야 할지도 모를 테니까.

　　　　*　　　　*　　　　*

　그날 저녁.

　용병단으로 돌아온 나와 크리스티나는 각자 침실에 짐을 풀었다. 크리스티나는 눈코 뜰 새 없는 여자들만의 수다로 설친 잠을 보충하기 위해서인지, 초저녁부터 잠이 들었다.

　그리고 나는 아무도 없는 용병단의 응접실에 앉은 채로 메디우스가 남기고 간 스크롤을 만지작거리고 있었다.

　이 스크롤을 찢으면 바로 메디우스에게 알람이 전해질 것이고, 즉각적인 반응이 올 것이다.

　생각은 이미 확실하게 정리가 됐다. 메디우스가 내가 원하는 대로 장단을 맞춰준다면, 가장 껄끄러운 문제는 해결될 것이다.

　"좋아, 그렇다면……."

　스크롤의 한가운데를 양손으로 잡고, 나는 크게 심호흡을 했다.

　찢자니 아까운 마음이 들면서, 한편으로는 다시 만날 메디우스의 모습이 기대도 됐다.

　결정을 내렸으니 행동을 망설일 필요는 없다.

　찌이익.

이내 스크롤이 찢어지고.

스크롤에서 뻗어져 나온 한줄기 섬광이 응접실 전체를 감쌌다. 그리고 나는 조용히 입을 다문 채, 이 신호에 대한 답변이 오길 기다렸다.

얼마 후.

샤아아아아아—

내 눈 앞의 공간이 일그러지더니 이내 소환음이 들렸다.

그리고.

익숙한 얼굴이 모습을 드러냈다.

"후후. 드디어 보게 되었군, 레논. 기다리고 있었네."

"오셨습니까, 뵙기를 기다리고 있었습니다.

다시 만난 메디우스.

따스한 봄바람이 불던 어느 저녁날의 만남이었다.

『환생 마법사』 3권에 계속…

즐거운
인생

미더라 장편 소설

FUSION FANTASTIC STORY

A Bittersweet Life

삶의 의욕을 모두 잃은 주혁.
어느 날 녹이 슨 금속 상자를 얻는데……

"분명 어제도 3월 6일이었는데?"

동전을 넣고 당기면 나온 숫자만큼 하루가 반복된다!

포기했던 배우의 꿈을 향해 다시금 시작된 발돋움.
눈앞에 펼쳐진 새로운 미래.

과연 그는 목표를 이루고
인생을 바꿀 수 있을 것인가!

Book Publishing CHUNGEORAM

이모탈 퓨전 판타지 소설
FUSION FANTASTIC STORY

워리어
Warrior

최강의 병기 메카닉 솔져,
판타지 세계로 떨어지다!

서기 2051년.
세계 최초의 메카닉 솔져 이산은
새로운 세계에 발을 딛게 된다.

"나는… 변한 건가?"

차가운 기계에서 따뜻한 피가 흐르는 인간으로!
카이론의 이름으로 새롭게 시작하는
진정한 전사의 일대기!

Book Publishing CHUNGEORAM

유행이 아닌 자유추구 -
WWW.chungeoram.com

내일을 향해 쏴라

김형석 장편 소설

FUSION FANTASTIC STORY

1만 시간의 법칙!
'성공은 1만 시간의 노력이 만든다'는 뜻이다.

그러나…
사회복지학과 복학생 수.
전공 실습으로 나간 호스피스 병동에서
미지와 조우하다.

1만 시간의 법칙?
아니, 1분의 법칙!

전무후무한 능력이 수에게 강림하다!
맨주먹 하나로 시작한 수의
인생역전이 시작된다!

네르가시아 장편 소설
FUSION FANTASTIC STORY
THE MODERN MAGICAL SCHOLAR
현대 마도학자
나르서스 제국의 전쟁영웅이자
마나코어를 개발한 천재 마도학자 카미엘!
그러나 제국의 부흥을 위한 재물이 되어
숙청당하는데…….
『현대 마도학자』
죽음 끝에 주어진 또 다른 삶.
그러나 그에게 남겨진 것은 작은 고물상이 전부였다.
더 이상의 밑은 없다!
마도학자의 현대 성공기가 시작된다!
Book Publishing CHUNGEORAM
www.chungeoram.com

북검전기

우각 新무협 판타지 소설

FANTASTIC ORIENTAL HEROES

**2014년의 대미를 장식할,
작가 우각의 신작!**

『십전제』, 『환영무인』, 『파멸왕』…
그리고,
『북검전기』
무협, 그 극한의 재미를 돌파했다.

북천문의 마지막 후예, 진무원.
무너진 하늘 아래 홀로 서고, 거친 바람 아래 몸을 숙였다.

살기 위해! 철저히 자신을 숨기고
약하기에! 잃을 수밖에 없었다.

심장이 두근거리는 강렬한 무(武)!
그 걷잡을 수 없는 마력이,
북검의 손 아래 펼쳐진다!

Book Publishing CHUNGEORAM

유행이 아닌 자유추구 -
WWW.chungeoram.com

용마검전

FANTASY FRONTIER SPIRIT

김재한 판타지 장편 소설

「폭염의 용제」, 「성운을 먹는 자」의 작가 김재한!
또다시 새로운 신화를 완성하다!

『용마검전』

사악한 용마족의 왕 아테인을 쓰러뜨리고
용마전쟁을 끝낸 용사 아젤!

그러나 그 대가로 받은 것은 죽음에 이르는 저주.
아젤은 저주를 풀기 위해 기나긴 잠에 빠져든다.

그로부터 220년 후…….

긴 잠에서 깨어난 아젤이 본 것은
인간과 용마족이 더불어 살아가는 새로운 세상이었다.

Book Publishing CHUNGEORAM

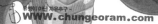

WWW.chungeoram.com